Eine Tüte grüner Wind

Gesine Schulz wurde in Niedersachsen geboren und ist im Ruhrgebiet aufgewachsen. Weil sie Bücher mochte und die Welt sehen wollte, wurde sie Bibliothekarin und ging für ein paar Jahre ins Ausland. Die meiste Zeit verbrachte sie auf Inseln (Irland, Manhattan), war aber auch in den Bergen (Schweiz, Bogotá, La Paz) und an einigen anderen Orten. Sie leitete, beriet oder reorganisierte Bibliotheken, war Frühstücksköchin in einem Hotel, entwarf und verkaufte Schmuck, eröffnete einen Trödelladen am Meer und nahm an Ausgrabungen teil. Zur Zeit lebt sie wieder im Ruhrgebiet, verbringt aber nach wie vor viel Zeit in Irland.

Gesine Schulz

Eine Tüte
grüner Wind

Sommerferien in Irland

CARLSEN

In Erinnerung an Mascha & Molly,
meine irischen Musen

FSC
www.fsc.org

MIX
Papier aus verantwor-
tungsvollen Quellen
FSC® C014496

Gedicht aus: Emily Dickinson »Guten Morgen, Mitternacht«
Ausgewählt, aus dem Amerikanischen übertragen
sowie mit einem Nachwort versehen von Lola Gruenthal
Copyright © der deutschen Übersetzung 1997
Diogenes Verlag AG, Zürich

Sonderausgabe
Veröffentlicht im Carlsen Verlag
Juni 2015
Erstmals erschienen im Verlag Ueberreuter, Berlin
Copyright © 2002 by Gesine Schulz
Umschlagbild: The Image Bank / Duane Rieder
Umschlaggestaltung: formlabor
Corporate Design Taschenbuch: bell étage
Druck und Bindung: GGP Media GmbH, Pößneck
ISBN 978-3-551-31428-4
Printed in Germany

CARLSEN-Newsletter: Tolle Lesetipps kostenlos per E-Mail!
Unsere Bücher gibt es überall im Buchhandel und auf carlsen.de.

Herbst – sah prüfend auf mein Strickzeug –
Farben habe ich –
Sagt' er – die hat kein Flamingo –
Zeig sie mir – sagt' ich –

Scharlach wählt' ich – weil ich meinte,
Darin säh' ich dich –
Und die kleine Borte – dunkler –
Weil sie wirkt wie ich –

Emily Dickinson

»Nein, nein, nein!«, schrie Lucy. Sie hielt sich die Ohren zu.

Ihre Mutter zog Lucys Hände herunter und hielt sie fest.

»Kind, versteh doch«, sagte sie. »Es ist eine wunderbare Gelegenheit für mich, ein paar Wochen mit Kurt zusammen zu sein. Er rief vorhin an und ich musste mich sofort entscheiden.«

»Aber unsere Sommerferien? Du hast mir versprochen, wir fahren nach Kalifornien.«

»Wir fahren ein andermal nach Amerika, Lucy. Kurt würde es auch gar nicht verstehen, wenn ich diese Gelegenheit ausschlagen würde, mit ihm auf dem Schiff zu sein. Es ist ein glücklicher Zufall, dass eine Kabine frei wurde.«

Lucys Blick bohrte sich hinter der Schulter ihrer Mutter in die Tapete. Dahinter sah sie Kalifornien. Den blauen, kalten Pazifik. Breite Strände. Die hügeligen Straßen von San Francisco. Und das Weingut von Mamis Freunden, auf dem sie zwei Wochen verbringen wollten. Ein großes, altes weißes Haus mit Säulen und Terrassen. Und für Lucy ein Zimmer mit ihrem eigenen Balkon. Lucy seufzte.

»Ich habe mich aber so darauf gefreut, Mami.«

»Ich weiß, mein Schatz. Es tut mir Leid.«

»Warum kann ich denn nicht mit aufs Schiff?«

»Ich habe dir doch erzählt, es ist ein Forschungs-schiff. Kurt und die anderen Wissenschaftler arbeiten dort. Es gibt nur einige Kabinen für Besucher. Kinder sind an Bord nicht erlaubt. Es wäre auch langweilig für dich.«

»Aber –«

»Es geht nicht, Lucy. Ende der Diskussion. Sei ein vernünftiges Mädchen, ja? Sonst bekommt Mami Kopf-schmerzen.«

Lucy schwieg. Manchmal wünschte sie, sie könnte auch Kopfschmerzen bekommen.

Über Lucys Bett hing eine Weltkarte. Mit einem dicken roten Stift hatte sie die Reiseroute markiert. Im Flug-zeug von Düsseldorf über den Atlantik, quer durch Amerika bis nach San Francisco. Lucy löste die Reiß-zwecken von der Wand. Sie faltete die Karte mehrmals und riss sie in kleine Stücke, die sie in den Papierkorb rieseln ließ.

»Bye-bye, California«, murmelte sie.

»Ich geh ein bisschen zu Kora, Mami.«

»Ist gut, Schatz«, rief ihre Mutter aus dem Wohn-zimmer. »Nimm den Schirm mit, es sieht nach Regen aus.«

»Mmh«, sagte Lucy. Den Schirm ließ sie stehen. Dann würde sie eben nass werden. Ein blöder Sommer war das bisher. Kühl und nass. In Kalifornien schien bestimmt die Sonne. Jeden Tag.

»Waaas? Nicht nach Amerika? Ich glaub es nicht!« Kora machte große Augen. »Bist du nicht total sauer? Ich wäre stinksauer.«

»Och ...« Lucy langte in die Riesentüte Chips, die zwischen ihr und Kora auf dem Sofa stand. »Sauer? Ich weiß nicht. Ich bin ganz leer. Als wäre ein Luftballon geplatzt.«

»Ich wäre sauer«, sagte Kora.

Sie griffen in die Tüte und kauten knisternd die Chips. Von draußen klatschten die ersten Tropfen eines schweren Schauers an die Fensterscheiben.

»Ich hab keinen Schirm mit«, sagte Lucy.

»Bleib hier. – Was machst du denn jetzt in den Ferien?«

»Was?«

»Du fährst doch nicht allein in den Wilden Westen, oder?«

»Ach«, sagte Lucy. »Ach, ich weiß es nicht. Ich weiß nicht, was ich in den Ferien machen werde.«

Die Freundinnen sahen sich schweigend an.

»Sie hat nur vergessen es dir zu sagen«, meinte Kora schließlich. »Oder? Doch, ganz bestimmt.«

»Ich muss gehen«, sagte Lucy.

»Ja«, sagte Kora. »Nimm meinen Schirm mit.«

Aber die Wohnungstür war schon hinter Lucy zuge-
fallen.

Sie war nass wie eine Flunder, als sie zu Hause ankam.

»Aber Lucy!«, sagte ihre Mutter. »Geh sofort ins Bad.
Du machst eine Pfütze aufs Parkett. Ich habe dir doch
gesagt, du sollst den Schirm mitnehmen.«

Lucy blieb stehen. Tropfen um Tropfen wurde die
Pfütze zu einem kleinen See. »Sag mir, was ICH in den
Ferien mache.«

Ihre Mutter schloss kurz die Augen und rieb sich mit
einer Hand über die Stirn. »Lucy, Kind ...«

»Du hast es vergessen«, sagte Lucy.

»O Lucy«, rief ihre Mutter. »Nicht vergessen. Ich
habe es nicht vergessen. Ich habe nur noch nicht daran
gedacht.«

Lucy schüttelte den Kopf. Mit so einer Ausrede sollte
sie mal kommen!

Lucy lag im Bett. Die blauen Vorhänge waren zuge-
zogen. Der Regen pladderte auf die Fensterbank. Das
Federbett bauschte sich um Lucy und bedeckte sie bis
zur Nasenspitze. Sie hielt ihren dunkelbraunen Teddy
Theodor im Arm.

»Alle wissen, was sie in den Sommerferien machen«,
flüsterte sie ihm ins Ohr. »Nur ich nicht. Ich weiß nur,

was ich nicht mache, Theodor. Ich fahre nicht nach Kalifornien.« Lucy drückte ihr Gesicht in sein Fell und seufzte. Er riecht so gut, dachte sie und schlief ein.

Beim Frühstück sagte ihre Mutter: »Ich werde heute mal herumtelefonieren und sehen, was es an Kinderferienlagern gibt. Vielleicht etwas mit Pferden und am Meer? Du bist doch gerne am Wasser. Oder lieber in die Berge? Nach Österreich vielleicht?«

»Ach Mami, könnte ich nicht mit Kora und ihrer Mutter nach Italien fahren?

»Na ja, ich weiß nicht.«

»O Mami, bitte!«

»Ich weiß nicht, ob du dort gut aufgehoben wärst, Lucy. Es hört sich äußerst ... einfach an. Lass mich erst sehen, was es sonst noch gibt.«

Kora und ihre Mutter wollten mit einer Reisegruppe mit dem Bus nach Italien fahren. Sie würden in der alten Schule eines Bergdorfs wohnen. Die Erwachsenen übernahmen das Kochen. Und es gab Kurse, auch für Kinder. Schauspielunterricht! Man konnte sogar Trommeln lernen.

»Glaubst du, deine Mutter würde mich mitnehmen?«, fragte Lucy Kora auf dem Schulhof.

»Bestimmt.«

Koras Mutter erkundigte sich gleich nach der Schule telefonisch nach einem Platz für ein weiteres Kind.

»Aha«, sagte sie dann in den Hörer. »Aha. Wirklich? Ich verstehe. Auf Wiederhören.«

»Tja, Kinder. Leider ist kein Platz mehr frei. Es gibt sogar schon eine Warteliste. Tut mir Leid, Lucy. Ich hätte dich gerne dabeigehabt.«

Lucy spürte die Tränen in ihre Augen steigen. Dass kein Platz mehr für sie sein würde, damit hatte sie nicht gerechnet.

»Danke, Frau Müller«, sagte sie. »Dann geh ich jetzt mal nach Hause.«

Kora begleitete sie bis zur Wohnungstür. »Schade, du«, sagte sie und strich Lucy über die Schulter.

Lucy saß in der Küche und strickte dunkelgraue Wolle zu einem kleinen Rechteck, als ihre Mutter nach Hause kam.

»Also, Mami, wegen Italien. Du musst gar nicht mehr darüber nachdenken. Es ist kein Platz mehr frei im Bus.«

»Ach …! Schade.«

Lucy guckte ihre Mutter erstaunt an.

»Es ist nur so, Lucy. Ich habe telefoniert und telefoniert und war gerade noch in zwei Reisebüros. Bei den Kinderferien ist alles ausgebucht. Nirgends sind Plätze frei. Ich verstehe das nicht. Da heißt es, die Leute haben kein Geld.«

Lucy senkte den Kopf und strickte schneller. Keine Plätze frei, keine Plätze frei …

»Lucy! Hörst du mir überhaupt zu? Ich zerbreche mir den Kopf über deine Ferien. Was strickst du denn da schon wieder? Es macht mich ganz nervös.«

»Ist für Frau Freitag. Eine Decke für die Knie.«

»Du und deine Decken. Bist du sicher, dass sie eine haben möchte?«

»Aber ja, Mami. Ich habe sie besucht. Ihr Hund Wurzel ist doch gestorben und sie war ganz traurig. Da hab ich sie gefragt, ob sie nicht eine Decke möchte. Sie hat sich gefreut. Aber sie möchte die Decke nur aus grauen und schwarzen Stücken zusammengesetzt haben. Weil sie 87 Jahre alt ist, sagt sie, und weil sie immer nur Schwarz und Grau trägt, weil sie Witwe ist oder so ähnlich.«

»Meine Güte, wie deprimierend.«

Lucy nickte. »Dachte ich auch erst. Aber ich habe im Woll-Laden sieben verschiedene Grautöne gefunden und ich nehme nur ein bisschen Schwarz. Ich glaube, die Decke wird aussehen wie Wolken, von ganz hellgrau bis schwarzgrau. Gar nicht traurig. Willst du mal sehen?«

»Später, Lucy. Räum deine Sachen jetzt weg. Ich mache rasch Abendessen – Salat und überbackenes Baguette, das magst du doch. Und dann werden wir überlegen, was du in den Ferien machen kannst. Da wird uns doch etwas einfallen, oder?«

Lucy nickte. Sie legte das Strickzeug auf ihr Bett. In der untersten Schublade der Kommode bewahrte sie ihre Wolle auf. Zu kleinen oder größeren Bällen gewickelte Wollreste, die sie von Nachbarinnen und den Müttern von Schulfreundinnen bekommen hatte; ganz ordentlich gelegte Wollknäuel noch mit Banderole, die sie im Woll-Laden ab und zu von ihrem Taschengeld kaufte; und die Wolle von Pullovern, die sie aufgeribbelt hatte, wenn sie aus ihnen herausgewachsen war.

Die Knäuel lagen nach Farben geordnet in offenen Schuhkartons. Hunderte von Farben. Wenn man die große Schublade öffnete, konnte man glauben, jemand habe einen Regenbogen darin versteckt.

Lucy kniete sich vor die Schublade und betrachtete ihre Schätze. Sie griff nach einem kleinen Knäuel, das bei den Brauntönen lag. Milchkaffeebraun. Wie Wurzels Fell.

Rasch legte sie es zu der grauen Wolle für Frau Freitag. Die Menge würde wohl für ein Quadrat reichen. Ein kleines Überraschungsteil. Am Rand der Decke.

Ihre Hand wanderte weiter. Kora wünschte sich für ihre Barbie-Puppe eine aus winzigen rosa und weißen Rechtecken zusammengesetzte Decke. Babyrosa oder bonbonrosa? Oder –

»Lucy, kommst du bitte zu Tisch?«, rief ihre Mutter mitten in Lucys Überlegungen hinein.

»Also, Schatz«, sagte ihre Mutter. »Hier, nimm noch ein bisschen Salat ... Also, es waren keine Plätze mehr frei, aber ich konnte dich auf zwei Wartelisten setzen lassen.

Für Reiterferien in Dänemark und ein Kindercamp in Österreich, in den Bergen. Das ist doch etwas. Das Wetter ist so schlecht. Irgendein Kind wird sich doch vielleicht erkälten und nicht mitfahren können …«

»Hm«, machte Lucy.

»Aber mir ist da noch ein anderer Gedanke gekommen, Schatz: Wozu hat man eigentlich Verwandte?«

Lucy sprang auf. »Du meinst, ich könnte vielleicht mit Vati, Ilona und Christopher mitfahren? Nach Südfrankreich? Du hättest nichts dagegen?«

Ilona war die zweite Frau von Lucys Vater und Lucys Mutter konnte sie nicht ausstehen. Jeden dritten Samstag war Lucys Besuchstag bei ihrem Vater, aber nur, wenn er nicht gerade auf Geschäftsreise war. Dabei freute sie sich immer so darauf, Christopher zu sehen und mit ihm zu spielen.

Als sie erfahren hatte, dass Ilona ein Kind erwartete, war sie glücklich gewesen. Vor ihrer Mutter hatte sie das, so gut sie konnte, verborgen. Aber vor Kora brauchte sie sich nicht zu verstellen.

»Schon immer, immer, immer wollte ich einen Bruder oder eine Schwester haben. Und jetzt! Ja, ich weiß, es wird eine Halbschwester oder ein Halbbruder, aber das ist fast genauso gut.«

Sie hatte sofort angefangen eine Babydecke zu stricken, aus der weichsten Wolle, in Sahneweiß und Buttergelb.

Christopher war jetzt schon über ein Jahr alt und fing an zu laufen. Er war ein knuddeliger Kerl mit Grübchen in den Knien. Leider sah sie ihn nur selten. Sie hatte immer Angst, er hätte sie seit dem letzten Besuch vergessen. Aber wenn sie mit ihm die Ferien verbringen würde, wären sie wochenlang zusammen.

»Mit deinem Vater nach Südfrankreich?«, sagte Lucys Mutter. »So hatte ich das eigentlich nicht gemeint –«

»O Mamiiiiii ...«

»... aber ich hätte in diesem Fall nichts dagegen, nein. Haben sie dich denn eingeladen? Du hast nichts erwähnt.«

»Nein, sie haben nichts gesagt, aber sie wussten doch, dass ich mit dir nach Amerika fahren würde. Wenn Vati jetzt hört, dass wir nicht fahren, wird er mich einladen. Vielleicht. Oder ich kann ihn am Samstag fragen, wenn ich dort bin. Oder willst du ihn fragen, wäre das besser?« Lucy war vom Sofa aufgesprungen und lief durchs Wohnzimmer.

»Komm, Lucy, setz dich wieder zu mir. Ich will dir sagen, woran ich gedacht habe.«

Lucy warf sich aufs Sofa. Ihre Mutter legte einen Arm um sie. »Was hältst du davon, wenn du zu deiner Tante Paula nach Irland fährst?«

»Waaas?!?«

»Schrei nicht so, Lucy. Und außerdem heißt es: ›Wie bitte?‹«

»Wie bitte?«, flüsterte Lucy. Sie konnte auch gar nicht mehr schreien, sie fühlte sich plötzlich ganz schwach. »Zu Tante Paula? Ich soll zu Tante Paula? Aber die ist doch verrückt!«

»Red keinen Unsinn, Lucy. Wie kommst du denn darauf?«

»Du sagst immer: Paula ist verrückt.«

»Ach so. Na ja. Das sagt man so. Das heißt nicht, dass sie wirklich verrückt IST. Nur dass sie manchmal Sachen macht, die ein vernünftiger Mensch nicht machen würde, verstehst du?«

»Nein«, sagte Lucy.

»Nun, jedenfalls ist sie NICHT verrückt. Sie würde sich gewiss über den Besuch ihrer Nichte freuen.«

»Aber ich kenne Tante Paula doch gar nicht.«

»Dann ist es höchste Zeit, dass du sie kennen lernst, nicht? Außerdem hat sie uns vor einigen Jahren besucht. Daran kannst du dich sicher erinnern.«

»Kann ich nicht.«

»Nein? Na gut. Du warst noch recht klein. Ist ja auch egal. Ein Besuch bei ihr würde dir bestimmt gefallen.«

»Aber Mami! Sie wohnt in einem Zelt, weil ihr Haus kein Dach hat.«

»Das ist lange her, Lucy. Ich gehe davon aus, dass das Häuschen inzwischen renoviert ist und auch ein Dach hat. Sie hätte es sicher erwähnt, wenn sie die Weihnachts- und Geburtstagskarten immer noch aus dem Zelt schreiben würde. Siehst du, so etwas meine ich, wenn ich ihr Verhalten verrü–, ich meine, ungewöhnlich nenne: Wenn man sich im Urlaub in eine Gegend verliebt, fährt man im nächsten Jahr vielleicht wieder hin. Man kündigt nicht gleich seine Stelle und gibt eine viel versprechende Karriere auf, kauft mit seinen ganzen Ersparnissen eine Ruine und zieht dorthin. Immerhin, ihr scheint es zu gefallen. Ich werde sie fragen, ob du kommen kannst.«

»Das Haus liegt ganz einsam, in einer gottverlassenen Gegend, hast du mal gesagt. Ich möchte da nicht hin, Mami. Bitte, kann ich nicht mit Vati fahren?«

»Ich habe schon gesagt, dass ich nichts dagegen hätte. Wenn sie dich einladen, fährst du nach Südfrankreich. Paula werde ich trotzdem schreiben. Die Zeit wird langsam knapp. Also ein Telegramm. Ein Telefon hat sie nicht.«

Kein Telefon und vielleicht kein Dach. Wer weiß, was da noch alles fehlte. Ich will nicht zu einer Frau, die ich gar nicht kenne, dachte Lucy. Und wenn sie zehnmal meine Tante ist.

Sie nahm ihre Jacke und verließ die Wohnung. Vom Spielplatz winkten ihr ein paar Mädchen aus ihrer Klasse zu. Lucy winkte zurück und ging weiter. Sie wollte jetzt mit niemandem reden. Außer mit Kora vielleicht. Sie wechselte die Richtung und fing an zu rennen. Einmal bei Rot über die Ampel, quer durch den Park und sie stand vor dem Mietshaus, in dem Kora wohnte.

Sie drückte das Signal mit dem Klingelknopf: lang, kurz, kurz, kurz. Das bedeutete: komm raus, aber schnell.

Zwei Minuten später war Kora unten. »Was ist los?«

Lucy zuckte mit den Schultern. »Kommst du mit zur Eisdiele? Ich lade dich ein.«

»Klar, wenn ich einen Kakao haben kann. Mit Sahne. Und Zimtstaub. Und Schokokrümeln. Für ein Eis ist's mir zu kalt.«

Kora konnte sich den Besuch der Eisdiele von ihrem mageren Taschengeld nicht so oft leisten. Lucys Taschengeld war reichlich bemessen. Wenn bei Kora Ebbe in der Kasse war, lud Lucy sie ein. Ganz gleich, wie das Wetter war, Lucy mochte immer Eis. Am liebsten Erdbeereis mit gefrorenen Fruchtstückchen darin und einer Wolke frisch geschlagener Sahne darüber. Selbst im Winter aß sie Eis.

Sie hakte sich bei Kora ein. »Was für ein Rosa möchtest du für deine Barbie-Decke? So wie Erdbeereis?«

»Hast du mich deshalb rausgeklingelt?«

»Nein, fällt mir nur gerade ein.«

Sie betraten Changs Eisdiele. Herr Chang war Chinese und machte italienisches Eis. Das beste der Stadt.

»Tag, Herr Chang.«

»Guten Tag, Lucy. Hallo, Kora.«

»Ein Erdbeereis und einen großen Kakao, bitte«, sagte Lucy.

19

Sie setzten sich an einen der kleinen, runden Tische. Herr Chang brachte das Bestellte. Einen hohen silbernen Becher, der von einem fast noch einmal so hohen Sahneberg gekrönt wurde, unter dem das Erdbeereis verborgen lag. Und eine besonders große Tasse mit Kakao, auf dem eine zimtbestäubte Sahneinsel und schmelzende Schokoladenstückchen schwammen.

»Mhhh!«, machten Lucy und Kora. Sie beugten sich vor und tauchten ihre Münder in die Sahne.

»Es ist wegen meiner Ferien«, sagte Lucy. »Alles ist voll. Wir sind zu spät dran. Aber Mami hätte nichts dagegen, wenn ich mit Vati und Christopher mitfahre. Und Ilona.«

»Ja, gut! Dann ist doch alles klar.«

»Ja. Nein«, sagte Lucy. »Ich weiß noch nicht, ob sie mich wollen.« Sie sah ihre Freundin unsicher an. »Wir müssen sie noch fragen.«

»Oh«, sagte Kora. »Ja, dann ... Aber glaubst du nicht, dass dein Vater sich freuen würde?«

»Meinst du?«, fragte Lucy.

»Meinst du nicht?«

»Ja, vielleicht.« Lucy fühlte sich nicht mehr so bedrückt. »Aber da ist noch mehr!« Sie erzählte Kora von dem Irlandplan.

»O nein!«, rief Kora. »Das ist ja grauslich.«

»Ja«, sagte Lucy. »Find ich auch.«

»Nein, Lucy«, sagte Ilona.

Lucy saß mit gesenktem Kopf auf dem Sofa und fühlte, wie ihre Backen brannten. »Ich würde nicht stören. Ganz bestimmt nicht.«

»Es geht nicht, Lucy. Sorry.«

»Ich könnte mit Christopher spielen und auf ihn aufpassen.«

»Du weißt, dass wir für ihn ein Au-pair-Mädchen haben. Susan hat genug Zeit für ihn.«

»Vati, bitte!«

Ihr Vater stand am Fenster und sah hinaus in den Garten. Er drehte sich um.

»Du hast es gehört, Lucy. Es tut mir Leid, wenn du enttäuscht bist, aber diesen Urlaub haben wir schon lange geplant. Nur weil deine Mutter ihre Pläne plötzlich umwirft, heißt das nicht, dass wir das Gleiche tun müssen. Du würdest dich außerdem langweilen. Das Haus liegt weit weg vom nächsten Dorf. Es gibt keine Kinder in deinem Alter und –«

»Ich würde aber so gerne mit Christopher –«

»Die Antwort ist Nein, Lucy. Genug davon. Geh jetzt noch eine Weile zu ihm. Susan bringt ihn gleich ins Bett.«

Lucy stand auf und ging aus dem Zimmer. Im Flur blieb sie stehen und starrte an die Decke, damit ihre Tränen nicht überliefen. Sie hörte, wie Ilona sagte: »Ich finde es unmöglich von Birgit, wie sie das Kind vorschickt.«

»Ich werde mit ihr reden«, sagte ihr Vater.

Lucy legte vor Schreck ihre Hand auf den Mund. Nun würde er mit ihrer Mutter schimpfen! War das jetzt ihre Schuld?

Sie lief leise die Treppe nach oben und öffnete die Tür zum Kinderzimmer. Susan war dabei, Christopher in sein Bettchen zu legen.

»Lucy, komm, hilf mir. Dein kleiner Bruder will nicht liegen bleiben.«

Christopher zog sich am Gitter hoch und guckte Lucy an.

»Du kleiner Frechdachs«, sagte Lucy und kitzelte ihn im Nacken.

»Grlegrle pfhhhhh«, gurgelte er und lachte.

»Na gut, kleiner Junge«, meinte Susan. Sie fasste ihn unter den Armen und schwang ihn in hohem Bogen aus dem Bett. »Einen Augenblick darfst du noch aufbleiben. Setz dich in den Sessel, Lucy.«

Susan lud Christopher auf Lucys Schoß ab. Lucy legte ihre Arme um ihn. Sie seufzte.

»Na, was haben sie zu deinem Plan gesagt?«

»Sie wollen es nicht.«

»Das tut mir Leid, Lucy. Bist du sehr traurig?«

Lucy nickte.

»Das kann ich verstehen. Weißt du was? Ich werde dir aus Südfrankreich schreiben und erzählen, was dein Brüderchen so macht. Würde dir das gefallen?«

Lucy nickte mehrmals. Ihre Augen füllten sich mit

Tränen. Sie wollte doch nicht weinen. Sie nickte wieder.

Susan tätschelte ihr Bein. »Gut. Abgemacht.«

Christopher war auf Lucys Schoß eingeschlafen. Susan nahm ihn vorsichtig auf und legte ihn in sein Bett.

»Dann wirst du jetzt wohl nach Irland fahren, oder?«

»Ich will aber nicht nach Irland.«

»Ein schönes Land«, sagte Susan. »Sehr grün von dem vielen Regen. Und die Menschen sind freundlich.«

»Ich mag keinen Regen«, sagte Lucy.

»Oh, der irische Regen ist etwas ganz Besonderes, weißt du. Es gibt viele verschiedene Sorten von Regen dort. Und Regenbogen natürlich. Irland ist berühmt für seine Regenbogen.«

»Ich will nicht nach Irland.«

Susan lächelte. »Wenn du schmollst, ziehst du den gleichen Flunsch wie Christopher.«

»Wirklich?«, rief Lucy. »Den gleichen? Wir sind ja auch verwandt.« Sie stürzte ins Badezimmer. Aber als sie vor dem Spiegel anlangte, war der Flunsch verschwunden. Sie hörte das Zuschlagen des Gartentors und lief zum Fenster. »Da kommt Mami! Ich muss sie warnen. Tschüs, Susan.«

Lucy warf Christopher eine Kusshand zu. Sie eilte die Treppe hinunter. Vor der Wohnzimmertür machte sie Halt. Zu spät. Ihre Mutter war bereits drin. Sie hörte, wie ihr Vater sagte: »... deshalb muss ich dir in aller

Offenheit sagen, Birgit, wenn du nicht im Stande bist, einen Urlaub für Lucy zu arrangieren, musst du eben auf deine Reise verzichten. Du kannst nicht –«

»Selbstverständlich bin ich im Stande, Lucys Ferien zu arrangieren, Markus. Sie fährt zu Paula nach Irland.«

Lucy ließ sich auf die unterste Treppenstufe sinken. Sie musste zu Tante Paula! Sie fühlte sich gar nicht gut.

»Ach, wirklich?«, sagte ihr Vater. »Davon hat Lucy kein Wort gesagt. Dann ist doch alles bestens. Wie geht es Paula? Hat sie das einfache Leben noch nicht satt?«

»Sie hörte sich ganz munter an. Irgendwie scheint sie zurechtzukommen. Sie bastelt wohl immer noch diese Spiegel, die sie mit Muscheln vom Strand verziert. Die verkauft sie. An Touristen, nehme ich an.«

»Du lieber Himmel«, sagte Lucys Vater. »Hört sich scheußlich an. Sie hatte doch immer einen guten Geschmack. Aber wenn sie sich so ein wenig Geld dazuverdienen kann – Und du? Ein neuer Freund, sagt Lucy. Ist es diesmal der Richtige?«

»Ja, Markus, diesmal ja, glaube ich.«

»Nun, ich wünsche dir, dass du glücklich wirst.«

Ja, dachte Lucy, das wünsche ich auch. Zweimal hatte ihre Mutter seit der Scheidung einen Freund gehabt. Beide Male war es nach einigen Monaten in die Brüche gegangen. Dann hatte ihre Mutter beim Frühstück mit rot geweinten Augen dagesessen. Wochenlang war sie traurig gewesen und Lucy hatte sich Sorgen gemacht.

Jetzt drückte sie beide Daumen und kniff ihre Augen zusammen. Sie wünschte, dass es mit Kurt gut gehen würde. Dann könnte sie sich endlich in Ruhe über andere Sachen Sorgen machen. Über ihre hässliche Vier minus im Handarbeitsunterricht zum Beispiel. Nur weil sie keine blöden Westen und Kopfkissenbezüge nähen konnte. Und darüber, dass sie Christopher so selten sah. Und wie sie es anstellen könnte, öfter kommen zu dürfen, so dass weder ihre Mutter noch Ilona dagegen wären.

»Paula hat heute angerufen«, sagte ihre Mutter auf der Rückfahrt im Auto. »Stell dir vor, sie hat jetzt sogar ein Telefon. Auf deinen Besuch freut sie sich sehr.«

Lucy verschränkte ihre Arme und wandte den Kopf ab. Zu einer bastelnden Tante nach Irland!

»So hat doch noch alles geklappt«, sagte ihre Mutter. »Ich bin erleichtert. Jetzt können wir uns in die Vorbereitungen für unsere beiden Urlaube stürzen. Übernächste Woche ist es schon so weit. Montag gehen wir einkaufen, nicht, Lucylein, das macht uns doch immer Spaß?«

Zu Hause nahm Lucys Mutter einen Schreibblock und fing an Listen zu machen. Sie liebte es, Listen anzufertigen – Einkaufslisten, Geburtstagslisten, Gästelisten.

»Wir müssen noch alles Mögliche für unsere Reisen besorgen, Schatz. Für das Schiff brauche ich Vorräte an

Kosmetika, neue Bikinis und so weiter. Nimm dir auch ein Blatt und notiere, was dir für Irland einfällt.«

»Morgen, Mami. Ich gehe jetzt ins Bett.«

»Ach, ist es schon neun? Na gut, geh ins Bett. Ich mache noch weiter.« Sie saß über ihrer Liste und summte vor sich hin.

Lucy zog die Wohnzimmertür hinter sich zu. Sie wollte keine Liste für Irland machen. Sie wollte nicht nach Irland.

»Ich will nicht nach Irland, Theodor«, flüsterte sie ihrem Teddy im Bett zu. »Ich will nicht, aber das nützt gar nichts. Und ich brauche keine Liste. Dich nehme ich mit. Und meinen Schirm. Dort regnet es nämlich immer.«

In dieser Nacht träumte sie, dass sie auf einer froschgrün gestrichenen, kleinen Insel stand, die wie ein Boot auf dem stürmischen Meer schaukelte. Es schüttete wie aus Kübeln. Sie trug Gummistiefel, die ihr um Nummern zu groß waren, und hatte Mamis rosa Schirm aufgespannt. Unter dem Arm hielt sie Theodor. Trotz Schirm waren sie beide patschnass und ihr war kalt.

Die nächsten Tage wirbelte Lucys Mutter wie ein gut gelaunter Wind umher. Sie bestellte jemanden von der Gärtnerei, der die Pflanzen auf der Dachterrasse versorgen würde, ging zum Arzt, um sich gegen tropische Krankheiten impfen zu lassen, tauschte auf der Bank Geld um und fuhr mit Lucy zum Einkaufen nach Düsseldorf.

Sie kaufte sich zwei Bikinis, einen Badeanzug, sechs Sommerkleider, ein Abendkleid, silberne Sandaletten, zwei Sonnenbrillen, einen Hut und drei verschiedene Sonnencremes. Lucy bekam gelbe Gummistiefel, eine rote Regenjacke und einen großen grünen Regenhut.

»Niedlich!«, riefen die beiden Verkäuferinnen in der Kinderboutique.

Lucys Mutter nickte. »Meine Tochter fährt nach Irland.«

»Aha«, sagte eine der Verkäuferinnen. »Viel Regen. Und lauter Rothaarige.«

Lucy sah in den Spiegel und fand, sie sah aus wie Paddington, der Bär. Lieber würde sie nass werden, eine Lungenentzündung bekommen und jung sterben, als dass sie so rumlaufen würde!

Im Englischunterricht fragte Miss Schmitt, wo sie ihre Ferien verbringen würden. »Where are you going to spend your holidays?«

Sie würde ihre Tante in Irland besuchen, sagte Lucy, als sie an der Reihe war. »I'll visit my aunt in Ireland.«

Miss Schmitt ermahnte sie, ihren Regenschirm nicht zu vergessen. »Do not forget your umbrella.«

Kora fragte, warum alle Iren rote Haare hätten.

Miss Schmitt sagte, nicht alle Iren seien rothaarig, aber sehr viele; warum, wusste sie nicht. Und Herr Heymann, der Geografie unterrichtete und seine Ferien am liebsten in Restaurants verbrachte, wollte wissen, welche Spezialitäten es an ihren Ferienzielen gab.

Allen fiel etwas ein, nur Lucy hatte keine Ahnung.

Herr Heymann kannte aber auch nur ein einziges irisches Gericht, einen Eintopf mit Hammel, Kohl und Kartoffeln.

Lucy nahm sich vor, einen großen Bogen darum zu machen.

Kora und Lucy gingen jetzt jeden Tag nach der Schule zu Changs Eisdiele, obwohl Lucys Magen sich komisch anfühlte.

»Vielleicht solltest du dann lieber kein Eis essen«, sagte Kora.

Lucy schüttelte den Kopf. Ihr war in letzter Zeit den ganzen Tag über ein bisschen übel, sogar nachts, wenn sie aufwachte. Das Eis tat ihr nur gut. Davon war sie überzeugt.

»Vielleicht hast du Reisefieber«, meinte Kora.

Heute beeilte Lucy sich mit ihrem Eis. Sie wollte nämlich noch eins essen, bevor sie nach Hause ging.

»Denn heute in einer Woche fliege ich los, Kora. Und ich glaube nicht, dass es in einer solchen gottverlassenen Gegend eine Eisdiele gibt. Ich muss auf Vorrat essen.«

In ihrem Zimmer fand Lucy einen aufgeklappten Koffer vor. »Ich fange langsam an zu packen«, sagte ihre

Mutter. »Nachher haben wir noch einen Termin bei Stefan zum Haareschneiden.«

Lucy warf einen Blick auf ihren Koffer. Ein paar langärmelige Pullover, dicke Socken und ihre warmen Nachthemden lagen schon drin.

»Pfffhh«, machte Lucy. Mit einem Fußtritt klappte sie den Deckel zu. Sie setzte sich mit dem Rücken zum Koffer aufs Bett und fuhr fort die Decke für Frau Freitag zusammenzunähen.

Beim Friseur war Lucy wie immer schnell fertig. Ihr Haar war gewaschen und auf Schulterlänge gerade geschnitten worden. Wie schon so oft hatten Stefan und ihre Mutter versucht sie zu blonden Strähnchen zu überreden.

Mutter und Tochter hatten die gleiche mittelblonde Haarfarbe. Lucys Mutter fand, es sei eine völlig langweilige Farbe, die durch hellblonde Strähnchen aufgefrischt werden müsste. Sie konnte nicht verstehen, warum Lucy sich weigerte.

Als ihre Mutter bezahlte, überreichte Stefan Lucy zwei kleine Flaschen mit Shampoo und Spülung.

»Reisegrößen«, sagte er. »Schöne Ferien. Hast du gar keine Angst, so alleine zu verreisen?«

»Nein«, sagte Lucy. »Danke schön.«

»Unsinn, Stefan«, sagte ihre Mutter. »Was heißt denn allein? Wir fliegen zusammen nach London. Dort setze ich sie in das Flugzeug nach Irland, wo sie von ihrer

Tante abgeholt wird. Das kann man wohl kaum ›allein verreisen‹ nennen.«

Angst, dachte Lucy. Vielleicht habe ich Angst und gar nichts am Magen. Es ist gar kein Reisefieber. Vielleicht ist es Angst. Es war auch nicht die Stunde, die sie allein im Flugzeug sein würde, die ihr Sorgen machte. Es waren die drei Wochen danach.

Die Decke für Frau Freitag war fertig. Es gab kaum Schwarz darin und die meisten Grautöne waren hell. Das eine dackelbraune Stück saß ein wenig frech in der zweiten Reihe. Lucy musste lächeln, wenn sie es sah.

»Mami, schau, ich bin fertig. Wie findest du sie?«

»Sehr hübsch, Lucy. Nur das eine Teil passt nicht recht. Hattest du nicht genug von der anderen Wolle?«

»Doch, schon. Ich finde, es sieht … Es passt nicht so ganz, ich weiß. Mir gefiel es irgendwie wegen … na ja … Ich bring sie rasch Frau Freitag runter.«

Ihre Mutter nickte. »Aber bleib nicht zu lange. Ich wollte dich bitten noch einige Sachen zu besorgen. Käse für die Lasagne heute Abend, meine Haarkur und – hier, ich habe dir alles aufgeschrieben.«

»Lucy – nein, die ist ja zauberhaft!« Frau Freitag hatte die Decke auf dem Sofa ausgebreitet und betrachtete sie. »So sorgfältig gearbeitet und wie harmonisch die Töne ineinander fließen! Du bist eine kleine Künstlerin. Ich freue mich sehr. Vielen Dank.«

Lucy merkte, wie sie errötete. »Falls Ihnen das eine Stück hier nicht gefällt, die Farbe passt nicht so richtig, ich kann es ändern. Aber erst, wenn ich wieder da bin. Ich dachte zuerst – aber vielleicht ist es nicht –«

»Ändern? Nur über meine Leiche, mein Kind. Es dürfte nicht fehlen. Es gibt der Decke das gewisse Etwas. Und es ist Wurzels Farbe, nicht? Milchkaffeebraun.«

Lucy strahlte. »Ich muss wieder los, noch einkaufen. Tschüs, Frau Freitag.«

»Tschüs, Lucy. Ich werde jedes Mal an dich denken, wenn ich die Decke nehme. Also ganz oft.«

Lucy summte vor sich hin, als sie die Treppe bis zum fünften Stock hochhüpfte. In ihrem Zimmer warf sie einen Blick auf den geöffneten Koffer, der sich täglich, manchmal stündlich, mehr füllte. Unterwäsche. Berge davon.

Sie lief zu ihrer Mutter in die Küche. Die drehte gerade den Nudelteig für die Lasagne durch die Maschine.

»Mami, ich glaube, bei der Wäsche hast du dich mächtig verzählt.«

»Nun, wir wissen nicht, ob Paula eine Waschmaschine hat. Es ist besser, du nimmst reichlich mit.«

»Aber trotzdem, für drei Wochen brauche ich nicht so viel. Soll ich nicht wieder etwas rausnehmen?«

Ihre Mutter wischte sich die Hände an einem Küchentuch ab und setzte sich. »Nein, lass alles so, wie es ist. Komm, setz dich.«

»Ich wollte jetzt einkaufen gehen.«

»Ja, gleich. Ich muss dir noch etwas sagen. Hm ... weißt du ... also, ich habe dir so viel Wäsche eingepackt, weil du länger als drei Wochen in Irland sein wirst.«

Lucy blieb stumm vor Schreck.

»Es ist so, ich werde fast vier Wochen auf dem Schiff sein. Das geht nicht anders, es legt erst dann wieder in einem Hafen an. Und anschließend wollen Kurt und ich einige Tage in Kapstadt verbringen. Da können wir doch von Glück sagen, dass Paula dich die fünf Wochen aufnehmen kann.«

Lucy hatte das Gefühl, etwas drücke ihr den Hals zu. »Fünf?«, krächzte sie.

»Ich wusste, du würdest dich aufregen. Deshalb habe ich es dir bisher nicht gesagt. Aber du wirst sehen, wenn du erst mal dort bist, machen drei oder fünf Wochen keinen großen Unterschied.«

Als ihre Mutter schwieg, stand Lucy langsam auf. Sie nahm den Einkaufskorb, den Geldbeutel und den Zettel und verließ die Wohnung. Als sie die Treppe hinunterging, hielt sie sich am Geländer fest. Ihre Beine fühlten sich ganz wackelig an.

Im Park setzte sie sich auf die erstbeste Bank.

Fünf Wochen. Mehr als ein Monat! Das war zu viel. Und es war gemein. Hundsgemein. Lucy stand auf, ergriff den Korb und stampfte mit finsterem Gesicht zum Supermarkt.

Sie füllte den Einkaufswagen mit den Sachen, die auf

dem Einkaufszettel standen. Äpfel, Feldsalat, eine ungespritzte Zitrone, Greyerzer Käse. Sie schob den Wagen die Kühltheke entlang auf der Suche nach Diät-Joghurt. Mit einem Ruck hielt sie vor einem Stapel in Goldpapier verpackter Butter. Irische Butter. Lucy streckte ihren Arm aus. Mit dem Daumenfingernagel ritzte sie tiefe Streifen in die Folie des oben liegenden Stücks.

»So«, sagte sie. Es sah sehr hässlich aus.

Weiter in die Kosmetikabteilung. Sie warf zwei Packungen Haarkur in den Wagen und fuhr langsam an den Haarfärbemitteln vorbei. Bei manchen Marken hingen kleine Haarlocken am Regal, die zeigten, wie die Haare hinterher aussehen würden. Und sie hatten so schöne Namen: Kaffeebraun, Wildorange, Cayenne-pfefferrot, Lachsrosa, Irischrot. Lucy riss die Augen auf. Das war neu!

Sie nahm eine Packung Irischrot aus dem Regal und legte sie zu den anderen Einkäufen. Nun hatte sie es eilig.

»Na, hast du dich beruhigt, Schatz?«, fragte ihre Mutter, als Lucy den Korb auf den Küchentisch stellte.

»Nein«, sagte Lucy. »Warum hast du mir denn nichts gesagt?«

»Weil ich wusste, dass du dich aufregen würdest. Außerdem habe ich nie gesagt, dass du nur drei Wochen zu Paula fährst. Du hast das angenommen –«

»– weil wir drei Wochen nach Kalifornien fahren wollten.«

»Ja, aber das ist jetzt eine ganz andere Situation.«

»Es ist gemein.«

»Komm, lass uns nicht streiten, Lucy. Es ist jetzt nicht mehr zu ändern. Ich bringe dir auch was Schönes mit, ja?«

Lucy nahm die Packung Irischrot und ging in ihr Badezimmer. Sie las die Gebrauchsanweisung: Haare normal waschen, Paste mit Plastikhandschuhen auf das handtuchtrockene Haar verteilen, Plastikhaube aufsetzen, 15 bis 30 Minuten einziehen lassen, Wärme erhöht die Wirkung.

Lucy wusch sich über der Wanne ihre Haare, verschmierte die Paste auf dem Kopf und zog die mitgelieferte Plastikhaube über.

Sie setzte sich auf den Fußboden neben ihren Schreibtisch. Die Lampe hatte sie an den Rand geschoben und angeknipst. Sie schien wärmend auf die plastikbedeckten Haare.

Lucy kam sich vor wie ein Auflauf. Sie lehnte sich an den Schreibtisch und vertiefte sich in ein Enid-Blyton-Buch. Als sie nach einigen Kapiteln auf ihre Uhr sah, waren 35 Minuten vergangen. Noch zwanzig Minuten, entschied sie. Man sollte ja schließlich etwas sehen.

Nachdem sie die Haare so lange gespült hatte, bis keine rote Brühe mehr herausfloss, und sie mit einem

Handtuch trockengetupft hatte, stand Lucy vor dem Spiegel und kämmte ihre Haare vorsichtig aus. Das Haar war dunkler als vorher und schimmerte rötlich. Sie stellte den Föhn auf die höchste Stufe, beugte sich vornüber und föhnte ihre Haare trocken. Mit Schwung warf sie sie nach hinten und trat vor den Spiegel. Ihre Augen wurden rund wie Murmeln.

»Himmel«, flüsterte Lucy. Es sah aus, als sei in ihrem Haar ein Feuer ausgebrochen. Leuchtend hellrot und viel üppiger als vorher fiel es ihr auf die Schultern.

Sie ging in ihr Zimmer und stellte sich vor den großen Spiegel. Ein Sonnenstrahl fiel durchs Fenster und ließ die Haare noch mehr entflammen. »Himmel«, sagte sie wieder.

»Lucy«, hörte sie wie aus weiter Ferne ihre Mutter. »Hörst du denn nicht? Ich wollte dir – LUCY!«

Sie drehte sich um. In der Tür stand ihre Mutter und starrte sie an.

»Lucy, was hast du denn da angestellt?« Sie kam vorsichtig näher und umkreiste Lucy einmal.

»Du liebes bisschen«, murmelte sie. »Bist du von allen guten Geistern verlassen? Warum um alles in der Welt ...?«

Lucy schwieg. So genau kannte sie den Grund nicht mehr. Sie hatte die Packung gesehen, und weil sie wütend war und nicht nach Irland wollte und weil die Leute dort rothaarig waren und die Haarfarbe Irischrot hieß, hatte sie die Farbe gekauft. Und benutzt. War das ein Grund? Falls ja, war es keiner, den sie ihrer Mutter erklären konnte.

Die hatte sich auf Lucys Bett sinken lassen und schüttelte den Kopf. »Als hätte ich vor der Abreise nicht genug um die Ohren! Gut, dass morgen der letzte Schultag ist.«

»Da gehe ich nicht hin«, sagte Lucy schnell.

»Da gehst du ganz bestimmt nicht hin«, sagte ihre Mutter. »Du gehst überhaupt nirgendwo hin, bevor ich nicht mit Stefan gesprochen habe. Gib mir die Packung, bitte.«

Lucy holte die Packung aus dem Badezimmer.

»Hast du nicht gesehen, was hier auf der Seite steht? ›Nicht geeignet für blondes Haar‹. Nicht geeignet, Lucy!«

Sie ging in den Flur, um mit ihrem Friseur zu telefonieren.

Lucy stellte sich wieder vor den Spiegel.

Sie hörte, wie ihre Mutter zu Stefan sagte: »Ich habe keine Ahnung, wie sie auf diese verrückte Idee gekommen ist. Lachen Sie nicht. Nein, sie hat nie mit einem Ton verraten, dass sie rothaarig sein wollte. Dann hätte man doch durch Strähnchen oder eine Spülung ... ja, ich weiß. Also, was kann man tun? ... Nicht. Mmh. Mmh. Ich verstehe. Mmh. Mmh. Ja. Können wir nur hoffen ... Mmh. Sofort, ja ... Mmh. Ich danke Ihnen, Stefan. Auf Wiederhören.« Ihre Mutter kam zurück.

»Also, das Einzige, was man tun könnte, wäre das Haar zu entfärben und neu in deiner alten Farbe einzufärben. Aber Stefan meint, das wäre zu viel Chemie und nicht gut fürs Haar. Und an sich wäscht sich die Farbe nach einigen Wochen raus. Aus blondem Haar wahrscheinlich nur langsam, aber nach fünf Wochen sollte es viel blasser sein und dann sehen wir weiter. So, jetzt wickle ein Handtuch drum. Ich will es einfach nicht sehen.«

Lucy wählte ein hellblaues Frotteehandtuch, passend zu ihren Jeans, und wickelte es um ihren Kopf wie einen Turban. Sie schob die letzte rote Strähne darunter und betrachtete sich im Spiegel. Sah sie nicht aus wie ein indischer Prinz? Sie hängte sich ein paar Ketten um und klemmte vorne einen Ohrclip ins Handtuch. Vielleicht müssten jetzt noch Handtücher mit ins Gepäck, passend zu den Farben ihrer Pullover. Sie kreuzte die Arme über ihrer Brust und verneigte sich vor dem Spiegel.

Sie lief in die Küche. »Schau mal, nächsten Karneval gehe ich als indischer Prinz.«

Ihre Mutter stellte die Lasagne auf den gedeckten Tisch.

»Geh, als was du willst, aber lass künftig deine Haare in Ruhe, ja? Warum hast du nicht gesagt, dass du rote Haare haben willst? Stefan hätte sicher irgendetwas Diskretes machen können.«

»Aber ich wollte doch gar keine roten Haare!«, rief Lucy.

»Das zu glauben wird jedem schwer fallen, der dich sieht.«

Am nächsten Morgen entschuldigte sie Lucy telefonisch in der Schule: »Nein, Fieber hat sie nicht, aber, äh, einen ganz, hm, roten Kopf. Da möchte ich sie lieber zu Hause behalten ... Danke, werde ich ihr ausrichten. Ja, und das Zeugnis geben Sie bitte Kora mit. Auf Wiederhören.«

Lucy lachte hinter vorgehaltener Hand. »Einen ganz roten Kopf!«, wiederholte sie.

Ihre Mutter lächelte. »Nun, gelogen war das nicht. So – jetzt nehme ich ein Bad und dann wird fertig gepackt. Und wir müssen sehen, ob dir einer von meinen Hüten passt.«

»Ein Hut?«, rief Lucy. »Igitt!« Sie trug heute ein lila Handtuch zu einem gelben T-Shirt.

»Ja, denn mit dem Handtuch auf dem Kopf kannst du wohl kaum fliegen. Und irgendetwas muss deine Haare verdecken. Sonst gehe ich mit dir nicht aus dem Haus.«

Ein Hut! Die Schrecken nahmen kein Ende.

Sie kniete vor ihrem Bücherregal, um einige Bücher auszusuchen, die sie mitnehmen könnte. »Pünktchen und Anton« hatte sie lange nicht mehr gelesen. Und »Doktor Doolittle«. Das musste reichen. Sonst ginge der Koffer nicht mehr zu. Außer sie fänden einen Elefanten, der sich draufsetzen würde. Und wie käme der in den fünften Stock? Ob man ihn mit einem hohen Kran auf die Dachterrasse heben könnte? Oder würde ihm schwindelig?

»Mami, sind Elefanten schwindelfrei?«

»Meine Güte, Lucy. Wen interessiert das?«

Um kurz nach halb zwei schellte es. Es war Kora.

»Guten Tag, Frau Lindemann«, hörte Lucy sie sagen. »Ich habe Lucys Zeugnis mitgebracht.«

»Guten Tag, Kora. Sie ist in ihrem Zimmer.«

Lucy saß im Schneidersitz auf dem Bett. »Hallo, Kora.«

»Hallo. Was ist los? Ich denke, du bist krank! Du siehst nicht krank aus. Deine Juwelen auf dem Turban sitzen schief. Spielst du Verkleiden?«

Lucy schüttelte den Kopf.

»Warum warst du nicht in der Schule?«

»Ich durfte nicht.«

»Warum nicht?«

»Darum«, sagte Lucy. Sie griff mit beiden Händen nach dem Handtuch und zog es vom Kopf. Ihre Haare lösten sich und fielen auf ihre Schultern.

Kora stand da und blinzelte ein paar Mal. Sie öffnete den Mund zu einem großen, runden O und klappte ihn wieder zu.

»Lucy Lindemann«, sagte sie schließlich. »Das sieht ja toll aus. Was ist passiert?«

»Ich war im Supermarkt, gestern. Und ich fand alles so gemein. Fünf Wochen muss ich jetzt in Irland bleiben ...«

»Nein!«

»Doch. Und dann sah ich diese Haarfarbe. Irischrot heißt sie.«

»Alles klar.« Kora nickte. »Du konntest nicht anders.«

»Genau. Mami findet es furchtbar. Deshalb muss ich was drüber tragen. Und in die Schule wollte ich auch gar nicht. Ich hatte Angst, die anderen hätten geguckt.«

»Hätten sie. Aber in Irland kennt dich ja keiner. Und zwischen all den Rothaarigen wirst du gar nicht auffallen.«

Daran hatte Lucy noch gar nicht gedacht. Also keine Turbane in Irland.

»Hier, ich hab dir dein Zeugnis mitgebracht.«

Es enthielt keine Überraschungen. Dreien, Zweien und die Handarbeits-Vier. Kora hatte wieder eines der besten Zeugnisse der Klasse.

»Kora, weißt du, ob Elefanten schwindelfrei sind?«

»Ich glaube schon. Hannibal ist doch mit ihnen über die Alpen gezogen. Ich habe nie gehört, dass einem von ihnen schlecht geworden wäre. Ich hoffe, mir wird nicht übel, wenn wir mit diesem Bus über die Alpen nach Italien fahren.«

Sie schwiegen eine Weile.

»Dann sehen wir uns in fünf Wochen«, sagte Lucy.

»Ja. Bringst du mir eine Muschel mit?«

Lucy nickte.

»Dann geh ich mal lieber. Ich muss noch packen.«

»Okay.«

Sie umarmten sich kurz und Kora ging. Lucy fühlte sich verlassen. Sie nahm Theodor in den Arm und setzte sich in ihren weißen Korbsessel. Auf einmal wollte sie am liebsten sofort losfahren und es hinter sich bringen.

Das Abendessen war eine schweigsame Angelegenheit. Die Kartoffeln waren angebrannt. Weder Lucy noch ihre Mutter hatten großen Appetit.

»Es ist kein Wunder«, sagte ihre Mutter. »Wir sind eben nervös. Wir verreisen. Und wir werden uns zum ersten Mal für eine längere Zeit trennen. Das ist nicht so einfach, nicht wahr, Schatz?«

Lucy nickte.

Sie gingen früh zu Bett.

Am nächsten Mittag saßen sie im Flugzeug nach London.

Der Morgen war anstrengend gewesen. Ihre Mutter hatte darauf bestanden, dass Lucy einen Strohhut aufsetzte. Er war ein wenig zu groß. So konnte Lucy ihn tief über die Stirn ziehen und ihre roten Haare vollständig darunter verbergen. Lucy trug Turnschuhe, Jeans, eine karierte Bluse und diesen Hut.

»Es sieht total doof aus«, hatte sie nach einem Blick in den Spiegel gerufen. Am liebsten hätte sie gegen etwas getreten und wäre in Tränen ausgebrochen. »Doof, doof, doof.«

Ihre Mutter hatte ihr zugestimmt. Aber anstatt sich die Sache mit dem Hut noch mal zu überlegen war ihr das rosa Blümchenkleid eingefallen, und davon ließ sie sich nicht abbringen.

»Wir wollen uns doch am letzten Morgen nicht noch streiten, Schatz. Du willst doch nicht, dass ich eine traurige Erinnerung mit auf die Reise nehme?«

Lucy hatte nachgegeben. Es war ja wohl ihre eigene Schuld, mit dem Irischrot und so. Sie wusste nicht, womit sie schlimmer aussah. Jeans mit Hut, das sah einfach blöd aus. Und in dem wadenlangen Kleid, das sie nie hatte haben wollen, sah sie niedlich aus. Immer wenn sie dieses Kleid tragen musste, sagte jemand früher oder später: »Niedlich!«

Und mit Hut war das Ganze noch niedlicher.

»Ganz süß«, hatte ihre Mutter morgens gesagt. »Zu niedlich.«

Und so saß Lucy in einem rosa geblümten Kleid und mit einem Hut, der ihr bis auf die Augenbrauen gerutscht war, neben ihrer Mutter im Flugzeug nach London. Der arme Theodor musste im Rucksack reisen. Ihre Mutter fand, sie sei zu alt, um mit einem Teddy dazusitzen.

In London hatten sie vier Stunden Zeit, bevor das Flugzeug nach Irland abflog und sie Auf Wiedersehen sagen mussten.

Sie waren an den kleinen Geschäften im Flughafen vorbeigeschlendert, hatten in einem Restaurant zu Mittag gegessen und waren wieder an den kleinen Geschäften vorbeigeschlendert.

Sie hatten in Plastiksesseln gesessen und sich die vielen anderen Reisenden angeguckt. Bei einer chinesischen Familie mit sehr viel Gepäck entdeckte Lucy einen etwa dreijährigen Jungen, der aussah wie ein kleiner Herr Chang. Zu gerne hätte Lucy gewusst, wohin die Familie fuhr, wie sie hieß und ob der kleine Junge einmal eine Eisdiele haben würde.

Ihre Mutter blätterte ein paar Modezeitschriften durch ohne wirklich hineinzusehen.

»Und grüß Tante Paula schön von mir und sag ihr, wie dankbar wir sind, dass sie dich aufnimmt«, erinnerte sie Lucy zum dritten Mal. Lucy kam es vor wie das hundertste Mal.

»Und sieh zu, dass du ihr nicht lästig fällst. Sie ist Kinder nicht gewöhnt.« Das vierhundertste Mal.

»Es ist zu dumm, dass sie kein Geld annehmen wollte. ›Ich werde meine Nichte wohl einige Wochen ernähren können‹, hat sie gesagt. Sie war schon immer sehr empfindlich und eigen. Aber du wirst das einfache Leben schon ein paar Wochen durchhalten können, nicht, mein Schatz?«

»Ja, ich glaube schon«, sagte Lucy. Was aß man im einfachen Leben? Brot und Butter? Hoffentlich nicht diesen Eintopf mit Hammel und Kohl. Lieber Brot und Butter. Und vielleicht ab und zu ein Ei?

»Hat Tante Paula Hühner?«

»Das sähe ihr ähnlich. Pass auf, dass du keine Hühnerflöhe bekommst. Und denk daran, dass sie wenig

Geld hat. Stell keine hohen Ansprüche. Du bist ja ein taktvolles Mädchen, nicht?«

»Ja, Mami.« Taktvoll sein. Keine hohen Ansprüche stellen. Grüßen. Danke sagen. Nicht lästig fallen. Und keine Hühnerflöhe bekommen.

Auf einmal war es höchste Zeit.

Sie meldeten sich am Schalter der irischen Fluggesellschaft. Lucy bekam ein Plastikschild ans Kleid geheftet. Darauf stand ihr Name und dass sie ohne Begleitung eines Erwachsenen nach Cork flog.

Sie kam sich vor wie ein Paket, das bei der Post aufgegeben wird.

Eine junge Stewardess stellte sich Lucy vor. Sie hieß Moira Kelly und würde sie durch die Sicherheitskontrolle und bis ans Flugzeug begleiten. Weil das Flugzeug von Lucys Mutter von einem anderen Flughafengebäude aus abflog, mussten sie sich hier verabschieden.

»So, meine Kleine«, sagte Lucys Mutter. »Ich wünsche dir schöne Ferien. Und bleib gesund.« Sie umarmte Lucy und gab ihr einen Kuss.

»Ich wünsche dir auch schöne Ferien, Mami. Und grüß Kurt. Und pass auf, dass du keinen Sonnenbrand kriegst ... und nicht seekrank wirst ...« Lucys Stimme war immer leiser geworden.

»O nein, Kind, nicht weinen«, sagte ihre Mutter und hatte plötzlich auch Tränen in den Augen. »Wir wollen doch nicht mit rot geweinten Augen reisen und aussehen wie die Kaninchen.«

Lucy kicherte. Sie zogen Taschentücher hervor. Lucy schnaubte hinein, ihre Mutter tupfte sich vorsichtig die Augen ab.

»Du meine Güte, das ist ja wirklich nicht einfach. Soll ich nicht doch mit dir hinter die Sperre kommen?«

Lucy schüttelte den Kopf. Sie umarmten sich noch einmal. Dann drehte sich ihre Mutter um und ging. Lucy atmete mehrmals tief ein und aus.

Moira legte ihr einen Arm um die Schultern. »Gehen wir?«

Lucy nickte.

»Und, fliegst du zum ersten Mal allein, Lucy?«

»Ja«, sagte Lucy. »Zum ersten Mal.«

Sie gingen durch die Sicherheitskontrolle, wo ihr Rucksack samt Theodor durchleuchtet wurde. Moira brachte sie in den Wartebereich für ihren Flug.

»Noch eine halbe Stunde, dann kannst du ins Flugzeug steigen, Lucy. Soll ich dir eine Cola oder etwas Süßes bringen?«

Lucy bedankte sich. Sie wollte in den Waschraum. Moira zeigte ihr die Richtung und versprach auf sie zu warten.

Lucy wusch sich die Hände. Sie wartete vor dem Spiegel, bis eine ältere Frau den Raum verlassen hatte, und nahm den Hut ab. Ihre Haare leuchteten noch genauso feurig rot wie gestern, obwohl ihre Mutter sie heute Morgen dreimal mit viel Shampoo gewaschen und jedes Mal gründlich gespült hatte.

Lucy mochte die Farbe. Es machte ihr gar nichts aus, für ein paar Wochen oder Monate so auszusehen. Eigentlich war es eine lustige Farbe. Und Kora fand, sie sah toll aus. Lucy lächelte.

Sie gab Theodor einen Kuss auf die Nase, als sie die Bürste und den lila Pulli aus dem Rucksack nahm. Es war ein wenig kühl. Sie zog den Pullover über das Kleid und sah sofort weniger niedlich aus. Nach einigen Bürstenstrichen stand ihr Haar wuschelig und wellig um den Kopf. Lucy streckte ihrem Spiegelbild die Zunge heraus. Den Hut ließ sie auf dem Wickeltisch liegen. Sie brauchte ihn nicht mehr.

»Lucy!«, rief Moira, als sie in den Warteraum zurückkehrte. »Ich wusste nicht, dass du so schöne rote Haare hast. Du siehst ja aus wie eine waschechte Irin.«

»Sie sind gefärbt«, murmelte Lucy.

»Ooooh«, sagte Moira. »Oh. Es sieht sehr echt aus. Hast du Glück. Es hätte mir in deinem Alter viel Spaß gemacht, wenn meine Mutter mir erlaubt hätte, mir die Haare zu färben.«

Lucy nickte nur. Sie wollte jetzt nicht die ganze Geschichte erzählen.

»Nicht, dass du denkst, alle Iren hätten rote Haare.«

»Nicht?«, fragte Lucy.

»Nicht einmal die meisten. Das ist so ein Vorurteil. Guck mich an. Schwarze Haare, blaue Augen. Das ist auch sehr irisch. Aber wenn wir rote Haare haben, sehen sie aus wie deine.«

»Und das mit dem vielen Regen? Stimmt das vielleicht auch nicht?«

»Na ja«, sagte Moira und zog ihre Nase kraus. »Es regnet natürlich. Nicht unbedingt jeden Tag und wenn, dann selten den ganzen Tag, aber meist fast jeden Tag ein bisschen. Oder ein bisschen mehr.«

»Aha«, sagte Lucy.

Moira lachte. »Es gibt einfach sehr viele Wetter. Immerhin ist Irland eine Insel und oft gibt es viele verschiedene Wetter an einem Tag. Manchmal innerhalb einer Stunde. Du wirst schon sehen. Auf jeden Fall wirst du dich gut verständigen können. Dein Englisch ist sehr gut.«

»Wir haben mal in Amerika gewohnt«, sagte Lucy. »In Atlanta, Georgia.«

Aus dem Lautsprecher erklang ein für Lucy unverständliches Quaken.

»Es ist so weit«, sagte Moira. »Das war der Aufruf für deinen Flug. Du musst jetzt einsteigen.«

Die anderen Wartenden standen auf und bildeten vor dem Ausgang eine Schlange. Lucy nahm ihren Rucksack und die Jeansjacke.

»Halt, Lucy. Wo ist denn dein Hut?«

»Den habe ich im Waschraum gelassen. Ich will ihn nicht mehr.«

»So einen wunderschönen Hut? Wirklich? Das kannst du doch nicht machen!«

»Ich glaube schon, dass ich das machen kann«, sagte Lucy.

»Aber ...«

»Vielleicht möchten Sie ihn haben?«, fragte Lucy.

Moira sah erfreut aus, dann unentschlossen. »Ich weiß nicht, ob das geht. Die Wahrheit ist, ich suche schon seit einer Weile einen, für die Hochzeit meiner Schwester, weißt du ...

»Na also«, sagte Lucy.

Moira brachte sie zum Ausgang und übergab sie dort einer anderen Stewardess. Lucy musste warten, bis alle Passagiere eingestiegen waren. Sie drehte sich noch einmal um: Moira winkte ihr mit dem Strohhut zu.

Lucy hatte einen Fensterplatz. Sie holte Theodor aus dem Rucksack, setzte ihn auf ihren Schoß und machte die Augen zu.

Die Flugbegleiterinnen schoben einen Servierwagen durch den Gang und boten den Passagieren einen Imbiss an. Lucy war vom Mittagessen noch satt und wollte ablehnen, als ihr das einfache Leben einfiel.

»Nein, danke, ach – ja, bitte«, sagte sie und nahm ein Plastiktablett entgegen. Sie trank Saft und ließ den in Folie verpackten Kuchen und den Schokoriegel in ihrem Rucksack verschwinden. Für Notzeiten.

Noch eine halbe Stunde bis zur Landung.

Bis zum Beginn der fünf Wochen mit Tante Paula.

Lucy presste Theodor an sich. »Kein Grund zur Aufregung«, flüsterte sie. Sie sah durch das Fenster in den blauen Himmel. Unter dem Flugzeug lagen schneeweiße Wolken wie riesige Federbetten. Tief darunter kräuselte sich das Meer.

Die Wolkenlücken wurden kleiner. Graue Nebelfetzen sausten am Fenster vorbei. Es wurden immer mehr. Der blaue Himmel verschwand wie hinter Schleiern und die weißen Wolken wurden grau. Sie schoben sich dichter und dichter zusammen, bis sie eine einzige riesige Wolke bildeten, die das Flugzeug verschlang.

Lucy rieb über die Scheibe und starrte hinaus. Undurchdringliches Grau. Im Bauch einer Riesenwolke wurde sie nach Irland getragen.

Lucy wühlte in ihrem Rucksack und zog das Foto von Tante Paula heraus. Auf der Rückseite hatte Lucys Mutter Anschrift und Telefonnummer ihrer Schwester notiert. Lucy hatte die Adresse auswendig gelernt: Paula Simon, Green Wind Cottage, Ballydooneen. Lucy sah sich das Foto gründlich an. Ob sie ihre Tante erkennen würde? Es war ein altes Foto, noch aus der Zeit, als sie in Deutschland lebte. Lucys Mutter hatte keine neuere Aufnahme gefunden.

»Du wirst sie schon erkennen«, hatte sie gemeint.

Das Flugzeug machte einen kräftigen Ruck. Lucy sah aus dem Fenster. Sie waren gelandet! Viel war nicht zu erkennen. Außer der Rollbahn konnte Lucy nur eine regennasse Wiese sehen. Kleine Tropfenketten legten sich auf die Fenster.

»Hah!«, sagte Lucy. »Es regnet.« Sie zog ihre Jeansjacke an und steckte das Foto in die Jackentasche.

Theodor verstaute sie wieder im Rucksack, damit er nicht nass werden würde.

Das Flugzeug hielt. Die anderen Passagiere standen auf, zogen sich etwas über und holten ihr Handgepäck aus der Hängeablage.

Eine Stewardess beugte sich zu Lucy. »Möchtest du schon vorgehen? Sicher bist du ganz ungeduldig deine Tante zu sehen. Ich werde dein Gepäck vom Band holen und dich in der Ankunftshalle treffen.« Sie nahm Lucys Gepäckschein und ließ sich den braunen Koffer beschreiben.

Lucy reihte sich in die Schlange ein, die sich zum Ausgang des Flugzeugs schob. Sie hielt sich mit einer Hand am Geländer der Treppe fest, als sie hinunterstieg. Die Stufen waren nass. Ein kräftiger, milder Wind fuhr durch ihre Haare und ließ das Kleid um ihre Beine flattern.

Lucy folgte den anderen Leuten quer über den Landeplatz zum Flughafengebäude. Neben dem Eingang stand eine Palme.

Lucy blieb stehen. Ob sie im richtigen Land war? Zwar regnete es, aber von Palmen hatte niemand etwas gesagt.

Lucy betrat das Gebäude. Ein Mann in Uniform wollte ihren Pass sehen.

»Ist das hier Irland?«, fragte Lucy.

Er reichte ihren Pass nach kurzer Prüfung zurück. »Ja, soweit ich weiß, ist dies immer noch Irland, Miss«, sagte er höflich.

»Vielen Dank«, sagte Lucy. »Ich wollte nur sicher sein.«

»Das ist immer gut«, nickte er.

Sie ging an den Gepäckbändern vorbei. Über einem breiten Durchgang stand »Exit«, Ausgang. Lucy blieb davor stehen.

Gleich würde sie da durchgehen. In die Ankunftshalle. Und Tante Paula treffen. In ihrem Magen kribbelte es. Gleich würde sie losgehen. Sie wippte von ihren Zehenspitzen auf die Hacken und wieder zurück. Sie würde bis zehn zählen. Sie zählte langsam und erreichte die Zehn im Zeitlupentempo.

»Jetzt!«, sagte sie leise.

Ein großer, dicker Mann mit einem kleinen Rollkoffer kam an ihr vorbei und ging auf den Ausgang zu. Lucy heftete sich an seine Fersen. Sie benutzte ihn als Deckung.

Der kurze Gang mündete in einer großen Halle. Der dicke Mann blieb stehen. Lucy sah vorsichtig an seinem Rücken vorbei. Hinter einem Absperrseil warteten fünfzig oder hundert Leute auf die Ankommenden. Der dicke Mann ging weiter. Lucy folgte langsam. Ihre Blicke glitten über die Gesichter der jüngeren Frauen. Halb erwartete sie, dass eine von ihnen ihren Namen rufen würde. Nichts geschah.

Sie setzte sich auf eine Bank und stellte den Rucksack zwischen ihre Beine. Sie nahm das Foto aus der Tasche und versuchte wieder jemanden zu entdecken, der so ähnlich aussah.

Ab und zu erschallten laute Rufe, wenn jemand aus dem Gang auftauchte. Einige wurden von ganzen Familien abgeholt, begrüßt und umarmt. Manchmal flossen Freudentränen.

Sie haben sich wohl lange nicht gesehen, dachte Lucy und hätte gut mitweinen können.

Nach und nach wurde die Menge kleiner. Bald warteten nur noch ein älteres Paar, ein blonder Mann mit Bart und zwei Frauen. Die eine war mittelgroß, trug Leoparden-Leggings und einen übergroßen goldbraunen Pullover. Ihre Haare waren streichholzkurz und weißblond gefärbt. Die andere Frau hatte kurze dunkle Haare, trug einen grünen Parka und Jeans. Neben ihr lag ein riesiger Hund mit grauen Zottelhaaren.

Lucy sah wieder auf das Foto und schüttelte den Kopf.

Endlich erschien die Stewardess mit Lucys Koffer. »Tut mir Leid«, sagte sie. »Er war bei den letzten.«

Sie sah sich um. »Hast du deine Tante noch nicht getroffen?«

»Nein«, sagte Lucy. »Sie ist noch nicht da.«

»Bist du sicher? Könnte es nicht eine von den zwei Frauen da drüben sein?«

»Nein«, sagte Lucy. Sie zeigte das Foto.

»Tja«, sagte die Stewardess ratlos. »Aber vielleicht fragen wir sicherheitshalber.«

Sie gingen auf die Wartenden zu. Die Leopardenfrau guckte uninteressiert an ihnen vorbei. Die andere betrachtete Lucy forschend, als sie näher kamen. Sie sah auf etwas in ihrer Hand nieder und blickte wieder auf.

»Lucy?«, fragte sie zögernd.

»Ja?«, sagte Lucy.

»Na so was«, rief die Frau aus. »Lucy, ich bin Paula.«

Lucy betrachtete sie, dann das Foto und wieder die Frau.

»Das kann nicht sein«, sagte sie. Na ja, vielleicht hieß sie Paula und wartete auf ein anderes Mädchen, das zufällig auch Lucy hieß. Was für ein Durcheinander, wenn sie jetzt mit der falschen Paula ginge und die andere Lucy mit ihrer Tante Paula. Fast wie das doppelte Lottchen, nur anders.

»Ich warte auf meine Tante, Paula Simon«, erklärte Lucy.

»Das trifft sich gut«, lächelte die Frau. »Ich warte auf meine Nichte und die heißt Lucy Lindemann.«

Lucy war sprachlos. Wie Koras Goldfisch machte sie den Mund auf und wieder zu, ohne dass ein Ton herauskam.

»Darf ich mal?« Die Frau nahm Lucys Foto und guckte es sich an.

Ihre Lippen zuckten. »Wo hast du denn dieses alte Möhrchen her? Das ist ja noch aus meiner Zeit in der Bank. Jetzt wundere ich mich nicht, dass du mich nicht erkennst.«

Sie reichte Lucy eine andere Fotografie. »Hier, da ist das Mädchen, nach dem ich Ausschau gehalten habe. Ein bisschen größer natürlich.«

Lucy sah auf das Foto und staunte. Das war sie selbst! Als pummelige, blond gelockte Fünfjährige in einem kurzen rosa Kleidchen, die Theodor an einem Arm festhielt.

»Ach«, sagte Lucy. Da war sie, da war Theodor und dann war das wohl ihre Tante. Und was jetzt? Sie warf einen Blick auf die Frau, auf ihre Tante.

Paula

Die sah sie abwartend an. »Na, glaubst du mir nun?«

Lucy nickte. Ihr war ganz heiß. Es war eine peinliche Situation. Kein guter Anfang. Hoffentlich war Tante Paula nicht böse, dass sie ihr erst nicht geglaubt hatte.

Die Stewardess, die immer noch neben Lucy stand, sagte: »Nun, dann wäre alles geklärt, nicht? Ich muss weiter. Ich wünsche dir schöne Ferien!«

»Danke«, sagte Lucy mit gesenktem Kopf.

»Ja, vielen Dank«, sagte Lucys Tante.

Sie standen einige Augenblicke schweigend da. Der große graue Hund blickte von einer zur anderen.

»Weißt du, Lucy, ich hätte dich natürlich sofort an deinen Augen erkannt, wenn ich näher gekommen wäre. Nur – du warst früher doch blond. Da haben mich deine roten Haare verwirrt. Du hast hoffentlich nicht befürchtet, dass ich gar nicht auftauche?«

Lucy zuckte mit den Schultern und sah auf den Fußboden. Ganz tief unten hatte sie genau das befürchtet.

»Es tut mir Leid«, murmelte sie. Ihre Haare waren schuld.

Ihre Tante hockte sich rasch vor sie hin.

»Nein, mir tut es Leid, Lucy. Du warst das einzige Mädchen, das bisher rausgekommen ist, und du hast offensichtlich auf jemanden gewartet. Ich hätte einfach näher kommen müssen, egal ob rote oder grüne Haare, bis ich deine Augenfarbe hätte sehen können.«

Lucy sah auf. »Wieso, was ist denn mit meinen Augen?«

»Nun, dieses dunkle Oliv ist sehr ungewöhnlich, nicht? Ich hätte sofort gewusst: das ist Lucy!«

»Wirklich?«, fragte Lucy. »Oliv? Wirklich?«

»Ja. Oder wie nennst du diese Farbe?«

»Gar nicht«, sagte Lucy. »Sie sind nicht richtig braun und nicht richtig grün. ›Bräunlich-grünlich‹, sagt Mami. Schlammfarben.«

Oliv, dachte Lucy, dunkles Oliv. Ob das stimmte? Endlich eine richtige Farbe für ihre Augen. Warum war sie nicht selbst darauf gekommen?

»Übrigens, das ist Ulysses«, sagte ihre Tante und deutete auf den schlapp daliegenden Hund.

»Hallo«, sagte Lucy und winkte mit einer Hand.

Ulysses wedelte zweimal mit dem Schwanz.

»Er gehört einem Nachbarn, Niall Corrigan. Ich musste Ulysses mitnehmen. Ach, ich habe einen unglaublichen Tag hinter mir. Alles lief anders als geplant.«

Das konnte aber noch nichts mit ihr zu tun gehabt haben, überlegte Lucy und war erleichtert.

Tante Paula griff nach dem Gepäckwagen mit Lucys Koffer. »Hier, nimmst du die Leine? Dann können wir zum Auto gehen.«

Lucy übernahm die Leine. Der Hund erhob sich und erhob sich, er schien immer größer zu werden. Als er stand, ging er Lucy bis zur Brust.

Sie schluckte. »Er ist ziemlich groß«, sagte sie.

»Ja, man könnte meinen, man habe ein Kalb an der Leine, nicht? Er ist halb irischer Wolfshund und halb Setter oder so was Ähnliches. Sehr friedlich und folgsam, solange er keinen Yorkshire-Terrier sieht. Was draußen bei uns nie der Fall ist und auch hier eher unwahrscheinlich. Sie scheinen aus der Mode gekommen zu – O NEIN! Halt ihn fest, Lucy!«

Tante Paula ließ den Gepäckwagen stehen und griff nach Lucy. Zu spät. Ulysses hatte den kleinen Hund, der sich mit seinem Frauchen dem Ausgang näherte, entdeckt und hechtete los. Lucy hielt die Leine fest und wurde rennend, rutschend, stolpernd von ihm mitgezogen. Es war ein bisschen wie Wasserski fahren, nur auf dem Trockenen.

Kinder kreischten, Leute sprangen aus dem Weg und stießen ihr Gepäck zur Seite. Ulysses und Lucy näherten sich mit unverminderter Geschwindigkeit der gläsernen Ausgangstür, als ein junger Mann mit Tablett aus dem Aufzug trat.

Er lauschte der Musik aus seinen Kopfhörern und hielt seine Augen fest auf die Kakaobecher auf dem Tablett gerichtet. Er bemerkte den Aufruhr in der Halle nicht. Er war keine fünf Meter gegangen, als Lucy und Ulysses auf ihn zurasten und mit ihm zusammenstießen. Sie fielen um und fanden sich alle auf dem Fußboden wieder. Das Tablett war in hohem Bogen zur Seite geflogen. Ein Becher Kakao hatte sich auf dem Weg nach unten über Lucys Pullover ergossen und lag unbeschädigt in ihrem Schoß.

Der andere Becher lag ebenfalls heil, aber umgekippt auf dem Boden zwischen Lucy und dem jungen Mann. Der Kakao lief aus und bildete einen schokobraunen See. Darin lag ein vom Teller geflogenes Stück Torte.

Lucy hielt die Leine immer noch fest. Ulysses lag wieder lang und schlapp auf dem Fußboden.

Kaum war der kleine Hund mit seinem Frauchen in ein Taxi gestiegen und davongefahren, hatte Ulysses der Jagdeifer verlassen. Als sie ihn so daliegen sah, fiel es Lucy schwer, zu glauben, dass er Sekunden vorher wie eine Rakete durch die Halle geschossen war. Auf seinem Rücken, eingebettet in das Zottelhaar, entdeckte sie das andere Stück Torte.

Der junge Mann nahm seine Kopfhörer ab und stand auf. Er schaute von der kakaoübergossenen Lucy auf die umherliegenden Geschirrteile, den Kakaosee und den wie tot daliegenden riesigen Hund mit Torte. Er schüttelte den Kopf.

»Es tut mir Leid«, sagte er. »Ich habe euch nicht gesehen.«

Tante Paula kam angerannt. Sie war außer Atem.

»Lucy! Ist dir etwas passiert?«

Lucy sah vom Fußboden zu ihrer Tante hoch. Ihr tat nichts weh. »Nein«, sagte sie, »es ist alles in bester Ordnung.«

Tante Paula blickte umher. Ihre Augenbrauen hoben sich.

Lucy sagte schnell: »Ich meine, mir ist nichts passiert. Ulysses auch nicht, glaube ich. Außer der Torte im Fell.«

»Torte im Fell?«, wiederholte Tante Paula. »Oh, ich sehe. Tatsächlich.« In ihrem Gesicht zuckte es.

Lucy sah sie ängstlich an.

Tante Paulas Schultern bebten. Sie schlug die Hände vor ihr Gesicht.

O nein, dachte Lucy, was habe ich getan!

Tante Paula rief: »Tut mir Leid, Lucy, aber ... aber ... es sah ja so komisch aus!« Sie nahm ihre Hände vom Gesicht. Lucy sah, dass Tante Paula lachte. Sie lachte Tränen.

Sie deutete auf das Chaos um Lucy, schüttelte den Kopf und lachte noch mehr. Nun fing der junge Mann auch an.

Ulysses machte ein Auge auf und wieder zu. Er seufzte tief.

Ein Lächeln breitete sich über Lucys Gesicht.

»Komisch?«, sagte sie.

»Wahnsinnig komisch«, sagte Tante Paula und fing wieder an zu lachen.

Es war ansteckend. Lucy musste mit einem Mal auch lachen.

Ein paar Leute aus der Menge, die sich um den Schauplatz versammelt hatte, klatschten. Einige pfiffen begeistert.

Lucy lachte und fühlte sich erleichtert. Der Vorfall war nicht ihre Schuld. Und sie musste ja wirklich ein ulkiges Bild abgeben. Sie streckte Tante Paula einen Arm entgegen und ließ sich hochhelfen.

Eine ältere Frau mit Schürze rollte einen Putzwagen heran. »Welch ein Anblick«, sagte sie. »Ich hoffe, niemand ist verletzt worden? Nun, dann ist es ja gut.« Sie schwang den Putzlappen und begann mit dem Aufräumen und Saubermachen.

Tante Paula drückte dem jungen Mann einen Geldschein in die Hand, für frischen Kakao und Kuchen. Er wollte ihn nicht annehmen. »Es war wirklich nur die Schuld des Hundes«, sagte Tante Paula.

»Na gut. Danke. Es war ein Erlebnis.« Er klopfte Lucy auf die Schulter und verschwand wieder im Aufzug.

Tante Paula sprach ein paar Worte mit der Putzfrau.

Die schüttelte mehrmals den Kopf, winkte Lucy zu und machte sich wieder an die Arbeit.

»Sie wollte nicht glauben, dass du keine Irin bist«, sagte Tante Paula. »Wegen deiner roten Haare.«

»Hm«, sagte Lucy und zog den Kopf ein.

»Sie wären ein wunderbares Erkennungszeichen gewesen. Schade, dass deine Mutter sie nicht erwähnt hat, als wir telefonierten.«

»Habe ich erst seit vorgestern«, murmelte Lucy.

»Ach so. Ja, dann ... Zu Ehren deiner Reise nach Irland?«

Lucy zuckte mit den Schultern und wurde rot.

Zum Glück ging Tante Paula nicht weiter darauf ein.

»Na, dann wollen wir mal«, sagte sie. »Ich hole den Gepäckwagen. Nimmst du wieder Ulysses? Wir treffen uns am Ausgang.«

Lucy nickte. Sie zog an der Leine. Der Hund reagierte nicht. Sie stemmte sich mit ihrem ganzen Gewicht dagegen.

»Na komm schon, Ulysses. Komm! Du kannst doch nicht hier liegen bleiben.« Lucy schnaufte vor Anstrengung. Der Hund öffnete ein Auge, sah sie kurz an und schloss es wieder.

Lucy stampfte mit dem Fuß auf. So ein Hund!

Tante Paula schob den Gepäckwagen mit dem Koffer heran.

»Er will nicht, was? Ich vergaß dir das Zauberwort zu sagen. Pass auf: Ulysses! Wir gehen zum AUTO.«

Ulysses sprang auf, hellwach. Er hechelte und Lucy sah all seine Zähne. Es sah aus, als würde er grinsen.

Sie verließen das Gebäude.

»Gut, es hat aufgehört zu regnen«, sagte Tante Paula. »Ich stehe ganz hinten auf dem Parkplatz.«

Ulysses trabte munter neben Lucy her, so riesengroß, dass es ihr vorkam, als sei sie geschrumpft.

»Er fährt leidenschaftlich gerne Auto, musst du wissen. Als ich mich heute Mittag auf den Weg zum Flughafen machte, brach mein Auto nach einigen Kilometern zusammen. Blieb stehen und gab keinen Mucks mehr von sich. Und kein Mensch weit und breit. Zum Glück kam nach einer Weile Corrigan in seinem Lieferwagen vorbei. Er schleppte mich ab in die Werkstatt. Na, und dann habe ich ihn gezwungen mir sein Auto zu leihen, damit ich dich abholen konnte. Die Zeit wurde langsam knapp.«

»Gezwungen?«, wiederholte Lucy und sah ihre Tante von der Seite an.

Die lachte. »Na ja, nicht mit der Pistole vor der Brust. Aber als guter Nachbar blieb ihm nichts anderes übrig. Er wollte nicht dafür verantwortlich sein, dass meine kleine Nichte mutterseelenallein und zum ersten Mal in Irland landet und ich nicht rechtzeitig da bin, um sie willkommen zu heißen. Also überließ er mir das Auto unter der Bedingung, dass ich Ulysses mitnehmen würde. Zweimal zwei Stunden Fahrt – dieser Hund wird sich vorkommen, als habe er im Lotto gewonnen.«

»Wuff«, machte Ulysses und setzte sich. Sie waren beim Auto seines Herrchens angekommen.

Was für eine Klapperkiste, dachte Lucy. Der schmutzig weiße Lieferwagen war von Rostflecken übersät und hatte eine Delle in der Tür.

Tante Paula verfrachtete Lucys Koffer in den Laderaum. Ulysses sprang hinterher, kletterte auf den Rücksitz und machte es sich bequem.

Lucy merkte, dass sie auf der falschen Seite des Autos stand. Hier saß der Fahrer vorne rechts. Sie setzte sich links hin, auf den Beifahrersitz. Es kam ihr merkwürdig vor.

»Linksverkehr«, sagte Tante Paula. »Sieh unbedingt erst nach rechts, bevor du über eine befahrene Straße gehst.«

Lucy nickte. Sie zupfte einige Halme Stroh von ihrem Pullover und ließ sie auf den Fußboden segeln.

»Ach«, sagte Tante Paula. »Corrigan hat wohl Stroh für seine Ziegen transportiert.« Sie ließ den Motor an und fuhr vom Parkplatz.

»Er hat Ziegen?«, fragte Lucy. Sie kannte Ziegen nur aus dem Fernsehen.

»Ja, eine kleine Herde. Er macht einen ausgezeichneten Käse. Ich kann ja nachher ein Stück kaufen.«

»Er macht selber Käse?« Lucy hatte noch nie jemanden gekannt oder den Hund von jemandem gekannt, der Käse machte. Es würde also Käse geben im einfachen Leben. Ziegenkäse. Mami kaufte manchmal französischen Ziegenkäse.

»Hast du Hühner?«

Tante Paula sah sie kurz an. »Hühner? Um Himmels willen. Nein, habe ich nicht.«

»Oh. Wir dachten, du hättest Hühner.«

»Nein, tut mir Leid, Lucy. Ich habe eine Katze. Sie heißt Frau Schmidt. Aber wenn dein Herz sehr daran hängt, könnte ich vielleicht für die Dauer deiner Ferien ein paar Hühner leihen. Vom Bauernhof. Ein paar Ferienhühner sozusagen.«

»Nein!«, rief Lucy. »Ich meine, nein danke, nicht meinetwegen.« Gut. Dann brauchte sie sich wegen der Hühnerflöhe keine Sorgen mehr zu machen.

»Ach ja, ich soll dich von Mami grüßen ...«

»Danke schön«, sagte Tante Paula.

»... und sie ist dir sehr dankbar, dass ich kommen durfte. Ich auch, natürlich. Dankbar, meine ich.«

Tante Paula schaltete die Scheibenwischer an. Ein starker Nieselregen ließ die Wiesen und Felder neben der Landstraße verschwimmen.

»Du musst mir doch nicht dankbar sein, Lucy. Ich habe mich sehr auf dich gefreut, weißt du?«

»Wirklich? Auf mich?« Lucy war erstaunt.

Tante Paula lächelte und nickte.

Lucy sank tiefer in den ausgeleierten Sitz. Er kam ihr mit einem Mal sehr bequem vor.

»Aber warum?«, fragte sie nach einer Weile. »Wie konntest du dich auf mich freuen? Du kennst mich doch gar nicht.«

»Ich habe mich darauf gefreut, dich kennen zu lernen und ein paar Wochen mit dir zu verbringen.«

Lucy wurde rot. Sie wusste nicht, was sie sagen sollte.

Tante Paula sagte: »Hin und wieder hatte ich allerdings auch ein bisschen Angst.«

Lucy setzte sich auf. »Vor mir? Angst?« Noch nie hatte jemand vor ihr Angst gehabt.

»Ich habe mich gefragt, wie wir miteinander auskommen würden. Und manchmal dachte ich: Was ist, wenn Lucy so ein verwöhntes, anspruchsvolles Stadtkind ist, dem es hier nicht gefällt? Was mache ich dann? Als du da auf dem Boden gesessen hast und anfingst zu lachen, war ich schon sehr erleichtert.«

»Wieso?«, traute sich Lucy zu fragen.

»Weil ich da etwas über dich gelernt habe.«

»Was denn?«, flüsterte Lucy.

»Nun, ich dachte, ganz gleich, ob sie verwöhnt ist oder anspruchsvoll – hier sitzt sie nach einem heftigen Sturz, umgeben von ausgelaufenem Kakao, abgestürzter Sahnetorte und Geschirr. Sie klagt nicht. Sie jammert nicht über ihren Pullover. Sie schimpft nicht auf den Hund. Und als sie sich von dem Schreck erholt hat, kann sie sogar lachen. Über die ganze, unglaubliche Situation und über sich selbst. Sie hat Humor und sie ist tapfer. Da kann nicht mehr allzu viel schief gehen.«

»Oh«, sagte Lucy. Aber sie war doch nicht tapfer. Manchmal, ganz insgeheim, hielt sie sich sogar für einen ziemlichen Angsthasen. Vielleicht sollte sie das besser klarstellen.

»Also, ich glaube, ich bin das eigentlich nicht. Tapfer.«

»Nein?«, sagte Tante Paula. »Da wäre ich mir nicht so sicher.«

Sie überholten einen Trecker mit Anhänger.

»Aber du lachst gerne.«

»Ja«, sagte Lucy. Das stimmte.

»Na siehst du. Du bist noch keine Stunde hier und wir haben bereits zusammen gelacht. Wenn man mit jemandem über dieselben Dinge lachen kann, hat man schon etwas ganz Wichtiges gemeinsam, findest du nicht?«

»Tja«, sagte Lucy. Sie hatte noch nie darüber nachgedacht. Am besten konnte sie mit Kora lachen. Mit Mami auch. Und sicher hatte sie früher mit Vati gelacht. Aber mit Ilona noch nie! Es war wohl was dran an dieser Idee.

Du bist noch keine Stunde hier, hatte Tante Paula gesagt. Lucy kam es viel länger vor.

Vor drei Stunden war sie noch in London gewesen und hatte niedlich ausgesehen, mit Blümchenkleid und Hut. Und mit sauberen Schuhen. Es schien eine Ewigkeit her zu sein. Sie hob einen Fuß und betrachtete die Kakaospritzer auf dem weißen Turnschuh. Ihr Kleid war zerdrückt. Die Vorderseite des Pullovers war braun verfärbt und noch feucht. Überall hingen kleine

Strohteile. Ob sich Kakaoflecken aus Kaschmirwolle entfernen ließen? Hatte Mami ein Wollwaschmittel eingepackt? Ob sie wohl schon über Afrika war?

Eingelullt vom Geräusch der Scheibenwischer und dem Rattern des Motors schloss Lucy die Augen und döste ein.

Sie merkte, dass sie nach langer Zeit von der Landstraße abbogen und einen holprigen Weg entlangfuhren. Zweige wischten an den Fenstern vorbei. Der Regen hatte wohl nachgelassen. Die Scheibenwischer setzten sich nur noch nach längeren Pausen in Gang. Lucy fühlte sich zu träge, um ihre Augen zu öffnen. Sie hoffte, es würde noch eine Weile dauern, bis sie ankamen. Sie wollte einfach so sitzen bleiben im schaukelnden, warmen Auto und weiterfahren. Immer weiter. Und weiter.

Gerade da bremste das Auto und hielt. Lucy spürte eine Hand auf ihrem Arm. Tante Paula sagte leise: »Lucy? Wach auf. Wir sind bei Corrigan angekommen.«

Lucy ächzte. Sie streckte sich und öffnete ihre Augen. Tante Paula lächelte sie an. »Alles in Ordnung?«

Lucy nickte.

Tante Paula drückte zweimal auf die Hupe und stieg aus. »Ich sehe mal nach, wo er ist. Er muss uns nach Hause fahren.«

Ulysses jaulte freudig. Er zwängte sich über die Lehne auf den Fahrersitz und lief hinter Tante Paula her. Sie verschwand hinter dem Haus. Lucy hörte, wie sie ab und zu »Corrigan? Halloooo!« rief.

Das alte einstöckige Haus war aus grauen Natursteinen gebaut. Die Tür, die Fensterrahmen und die Regenrinne leuchteten kirschrot. Der Weg, auf dem sie gekommen waren, endete hier. Neben und hinter dem Haus standen einige Sträucher. Hinter einer halbhohen Mauer aus lose aufeinander gelegten Steinen begann eine Weide, die fast im Nebel verschwand.

Lucy öffnete die Autotür und stieg aus. Es war gar nicht kalt. Das raue Gras schimmerte graugrün. Über den Sträuchern hingen silbergraue Nebelschleier. Der graue Himmel war so hell, dass Lucy blinzeln musste. Würzige Luft lag weich und schwer über allem. Es regnete nicht mehr. Trotzdem war Lucys Pullover im Nu von winzigen, glitzernden Nebeltropfen überzogen.

Tante Paulas Stimme kam näher. Sie unterhielt sich mit einem Mann. »Das ist wirklich nett, Corrigan«, sagte sie. »Aber ich würde den Käse lieber bezahlen.«

Der Ziegenkäse, dachte Lucy. Hoffentlich war er nicht teuer!

Tante Paula und Niall Corrigan bogen um das Haus und kamen auf Lucy zu. Der Mann war größer als Tante Paula und hatte schwarze, kurz geschnittene Haare. Er hinkte etwas. Über seinen braunen Kordhosen trug er einen naturweißen Pullover, der in einem interessanten Muster gestrickt war.

»Lucy, das ist Niall Corrigan«, sagte Tante Paula. Er stand nun vor Lucy und sie konnte das Muster genau betrachten. Eine Art Zopfmuster, sehr breit und flach und verschlungen.

»Hallo, Lucy«, sagte er. »Habe ich einen Fleck auf meinem Pullover? Oh, entschuldige, das sollte keine Anspielung sein.« Er hatte erst jetzt ihren verfärbten Pullover bemerkt.

Lucy schüttelte den Kopf und sah auf. Er hatte dunkelgraue Augen und brauchte dringend eine Rasur. Sie deutete auf seinen Magen. »Was ist das für ein Muster? Wie heißt es?«

»Ich fürchte, ich habe keine Ahnung. Aber ich werde mich erkundigen Ich kenne die Strickerin gut.«

»Soso!«, sagte Tante Paula.

»Jawohl. Ich kenne sie sogar sehr gut«, sagte er. »Und hier, für dich, zur Begrüßung in Irland.« Er reichte Lucy einen runden Käse, der in Wachspapier eingewickelt war.

»Danke schön, Mister Corrigan«, sagte Lucy.

»Sag Niall zu mir.«

»Also, ich würde den Käse wirklich ...«, sagte Tante Paula.

»Ein Willkommensgeschenk für Lucy«, sagte er.

»Die roten Fenster sehen sehr schön aus«, sagte Lucy.

Er wandte sich dem Haus zu. »Findest du? Blutrot? Ich will die Farbe eigentlich ändern, seit ich das Haus letztes Jahr gekauft habe. Ich bin nur noch nicht dazu gekommen.«

»Kirschrot«, sagte Lucy.

Er sah sie an. »Kirschrot?«, sagte er nach einer Weile. »Warum nicht? Kirschrot!«

»Vielleicht könnten wir jetzt nach Hause fahren?«, sagte Tante Paula. »Ich glaube, Lucy ist nach ihrer Reise sehr müde.«

Corrigan nickte. »Ulysses«, rief er. »Auto!«

Wie eine Nebelgestalt tauchte der Hund auf der Wiese auf, setzte über die Mauer, sprang auf den Beifahrersitz und hechelte begeistert.

»O nein, mein Freund –«, begann Corrigan.

»Ist schon in Ordnung«, unterbrach ihn Tante Paula. »Lucy und ich setzen uns nach hinten.«

Lucy versuchte zu sehen, wo sie entlangfuhren. Corrigan bog mehrmals in schmale Wege ein. Hecken wechselten sich mit Steinmauern ab. Sie fuhren hoch und wieder hinunter. Der Nebel verhüllte jede Aussicht. Nach einer Weile kam es Lucy vor, als würden sie dieselbe Strecke immer wieder fahren.

»Von hier hat man eigentlich einen schönen Blick aufs Meer«, sagte Tante Paula an einer Stelle.

Lucy sah eine Wiese im Nebel und konnte sich nicht vorstellen, dass überhaupt irgendetwas dahinter sein könnte.

Dann hielt der Wagen vor einer mannshohen Fuchsienhecke, die voller roter Blüten hing.

»Wir sind da«, sagte Tante Paula.

Sie stiegen aus. Ulysses blieb sitzen. Lucy hatte

kaum einen Fuß auf den Boden gesetzt, als ein heftiger Platzregen einsetzte.

»Ausgerechnet!«, rief Tante Paula. »Komm schnell, Lucy.«

Lucy ergriff ihren Rucksack und folgte ihrer Tante im Laufschritt – durch ein Tor in der Hecke, einen Plattenweg entlang und durch die Haustür. Sie hatte nur einen flüchtigen Blick auf das Haus erhascht. Ein weißes Häuschen. Die Tür war grün und führte gleich ins Wohnzimmer. Lucy sah Sessel, ein tiefes Sofa, Bücherregale, einen Kaminofen und dunkle Holzbalken an der Decke. Corrigan brachte Lucys Koffer herein.

»Vielen Dank«, sagte Tante Paula. »Tee oder einen Kaffee?«

»Danke, heute nicht«, sagte er. »Ich komme ein andermal darauf zurück.«

Lucy sah ihn mit Bedauern gehen. Sie fühlte, wie sie ganz schüchtern wurde. Sie war so fremd hier. Und müde. Und allein.

»Kann ... kann ich ins Bett gehen?«, fragte sie. Sie wollte Theodor in den Arm nehmen, eine Decke über den Kopf ziehen und ihre Ruhe haben.

»Ins Bett?«, wiederholte Tante Paula. »Ja, natürlich. Du bist sicher erschöpft. Möchtest du vorher ein heißes Bad nehmen?«

Lucy schüttelte den Kopf.

»Hast du Hunger, möchtest du etwas essen?«

»Nein«, sagte Lucy. »Danke.« Wahrscheinlich war es unhöflich, zu Besuch zu kommen und sofort ins Bett zu gehen.

Tante Paula legte einen Arm um ihre Schultern.

»Komm«, sagte sie. »Ich zeige dir dein Zimmer. Das Bad ist hier unten, durch diese Tür. Die daneben führt in mein Schlafzimmer. Und du wohnst oben.«

Sie traten in einen winzigen Flur und stiegen eine schmale Wendeltreppe hoch, die in ein kleines Zimmer unter dem Dach führte. Darin stand ein altmodisches, verschnörkeltes Eisenbett mit zwei Kopfkissen und einem aufgeschlagenen Federbett. Es sah wundervoll einladend aus.

»Willst du noch ins Bad?«

Lucy nickte. Wenigstens die Zähne putzen.

»Ich bin unten, wenn du mich brauchst«, sagte Tante Paula.

Lucy nahm Theodor aus dem Rucksack und legte ihn ins Bett. Aus ihrem Kulturbeutel nahm sie nur die Zahnbürste und die Zahnpastatube und schlich damit die Treppe hinunter ins Bad. Als sie wieder herauskam, traf sie auf Tante Paula. Sie trug ein kleines Holztablett und unter dem Arm eine gluckernde Wärmflasche.

»Nimmst du mir die Wärmflasche bitte ab, Lucy? Sie ist für dein Bett. Wenn man müde ist, friert man so leicht. Vielleicht kannst du sie brauchen.«

»Da ist ja Theodor!«, rief Tante Paula, als sie ins Zimmer kamen.

»Du kennst ihn?«, fragte Lucy.

Ihre Tante lächelte: »Den habe ich dir geschenkt, als du ein Baby warst und nicht viel größer als der Teddy.«

»Ach«, sagte Lucy. Das hatte sie nicht gewusst. Sie verstaute die Wärmflasche unter dem Federbett.

Tante Paula stellte das Tablett auf den Nachttisch. »Falls du später hungrig oder durstig wirst. Wasser, ein paar Plätzchen, ein Käsebrot – und hier ist heiße Schokolade drin.« Sie hob den Deckel von einem dunkelblauen Becher. »Schlaf gut, Lucy. Gute Nacht.« Sie lächelte Lucy zu und ging.

»Gute Nacht«, murmelte Lucy. Sie zog rasch Pulli, Kleid, Schuhe und Strümpfe aus, ließ alles auf den Boden fallen und schlüpfte in ihrer Unterwäsche ins Bett. Der Koffer stand noch unten. Sie war viel zu faul sich ihr Nachthemd zu holen. Sie lehnte sich in die Kissen und nahm Theodor in den Arm.

»So«, sagte sie. »Da sind wir.« Sie sah sich um.

Das kleine Zimmer gefiel ihr. Über den weißen Wänden waren die Schrägen und die Zimmerdecke butterblumengelb gestrichen. Es gab einen Wandschrank, einen kleinen, alten Holztisch mit einem Stuhl davor und ein halbhohes, fast volles Bücherregal. Neben dem Fenster hing ein Spiegel, an dessen grobem Holzrahmen eine Jakobsmuschel steckte. Die Mauern waren so dick, dass die Fensternische bestimmt einen Meter tief war. Auf der flachen Fensterbank lagen blau karierte Kissen. Ein Fenstersitz zum Lesen. Und Rausgucken, falls der

Nebel je verschwinden, der Regen je aufhören würde. Es war noch hell draußen. Nebelschwaden hingen wie dichte Vorhänge auf der falschen Seite des Fensters. Lucy rutschte etwas tiefer. Dank der Wärmflasche war es ganz mollig unter dem Federbett. Ihr Blick fiel auf das Tablett.

Na ja, vielleicht, bevor die Schokolade kalt würde ... Sie nahm den Deckel vom Becher und schlürfte vorsichtig, um nicht zu kleckern. Mmh, lecker. Und sie würde nicht noch mal zum Zähneputzen aufstehen! Ausnahmsweise. Sie gab Theodor einen Kuss auf die Nase, drehte sich auf die Seite und wühlte sich in die Kissen.

Ob Mami schon in Kapstadt gelandet war? Ganz am anderen Ende von Afrika? Ob sie Kurt schon getroffen hatte? Und an sie denken würde? Gut, dass Theodor hier war. Lucy drückte ihn fest an sich, weinte ein paar Tränen ins Kissen und schlief ein.

Als sie am nächsten Morgen aufwachte, wusste sie gleich, wo sie war und warum und für wie lange, und es fühlte sich an wie ein schweres, unsichtbares Gewicht.

Sie lag eine ganze Weile mit offenen Augen da. Ob sie einfach liegen bleiben könnte, bis es Zeit für die Heimreise war?

Eigentlich war so eine farbige Zimmerdecke ganz schön. Vielleicht könnte sie die in ihrem Zimmer zu Hause auch streichen lassen. Gelb oder hellblau. Oder in Streifen. Oder in bunten Streifen mit bunten Punkten. Oder in Wellenlinien mit kleinen Fischen dazwischen. Wenn sie dann abends im Bett lag und an die Decke schaute, wäre es, als würde sie unter Wasser schlafen, wie eine Nixe, wie eine Meerjungfrau oder ein Seepferdchen. Na, Mami würde das nie erlauben. Jedenfalls gefiel ihr die gelbe Decke. Sie war viel gelber als gestern Abend, richtig sonnig. Lucy sah zum Fenster.

Der Nebel war verschwunden! Die Sonne schien.

Lucy stand auf und trat ans Fenster.

»Oooooh«, sagte sie leise.

Ganz nah vor ihrem Fenster lag das Meer! Türkisblau glitzerte es unter dem wolkenlosen Himmel.

Die kleine Wiese hinter dem Haus war voller Gänseblümchen. Ein Stück weiter lagerten graue, abgerundete Felsen und sahen aus wie ein Rudel müder Walrosse. Lucy hatte nicht gedacht, dass das Haus so dicht am Wasser lag.

In der Ferne schwammen ein paar kleine Inseln. Dann gab es nichts außer der blauen See bis zum Horizont und weiter. Weiter bis Amerika.

Amerika. Lucy spürte wieder das unsichtbare Gewicht. Sie wendete ihren Blick vom Horizont ab. Sie sah in den Spiegel, der neben dem Fenster hing. Ihr ungekämmtes Haar bauschte sich wie eine rotgoldene Wolke um ihr Gesicht. Das Spiegelglas war nicht ganz klar. Es war von winzigen Flecken überzogen und gab Lucys Bild leicht verhangen zurück wie auf einem alten

Gemälde. Der breite Rahmen war aus groben Holzstücken in unterschiedlichen Größen zusammengesetzt. Rechts oben steckte eine Jakobsmuschel. In einem Astloch lagen winzige weiße Korallen. Lucy fuhr sich mit ihrem Kamm durchs Haar.

Sie nahm Theodor und das Käsebrot vom Abend vorher und kuschelte sich in den Fenstersitz.

Das braune, etwas krümelige Brot schmeckte gut. Zwischen den Scheiben lag aber nicht der Ziegenkäse. Das war Gouda, mittelalter Gouda.

In der Ferne kam ein grünes Fischerboot in Sicht. Und auf dem obersten Zweig eines Strauches landete ein Rotkehlchen. Mit schräg gelegtem Kopf schien es Lucy anzusehen. Wie spät mochte es sein? Hoffentlich noch recht früh. Dann könnte sie hier noch etwas sitzen bleiben. In der Nische fühlte sie sich behaglich. Sie könnte weiterhin nach Schiffen und Vögeln Ausschau halten, ab und zu einen Keks essen, sich ein Buch aus dem Regal holen und lesen. Wenn Tante Paula ihr das Essen auf dem Tablett hochbringen würde, hätte sie nichts dagegen, den ganzen Tag hier oben zu bleiben. Oder die ganze Woche. Sie hätte ihre Ruhe und würde auch Tante Paula nicht stören.

Lucy merkte unwillig, dass sie auf die Toilette musste. Das hatte sie nicht bedacht. Schade, dass hier oben kein Bad war.

Sie schlüpfte in ihr Kleid. Die Armbanduhr auf dem Nachttisch zeigte neun Uhr. Aber etwas war in Irland mit der Zeit anders. War es eine Stunde früher oder später als in Deutschland? Sie hatte es vergessen. Also war es vielleicht acht. Oder zehn?

Unten duftete es nach Kaffee. Als sie aus dem Badezimmer kam, folgte Lucy dem Duft durchs Wohnzimmer zu einer angelehnten Tür, die in die Küche führte. Ein großer, alter Tisch war für zwei gedeckt. Tante Paula saß mit geschlossenen Augen am Tisch. Ihre Beine lagen auf einem zweiten Stuhl. Mit beiden Händen hielt sie einen dampfenden Becher vor der Brust. Sie trug einen rot karierten Morgenmantel. Ihre kurzen, dunklen Haare standen strubbelig in alle Richtungen. Schlief sie? Die runde Wanduhr zeigte sechs Minuten nach acht.

Lucy räusperte sich.

Tante Paula öffnete ihre Augen und sah Lucy an.

»Lucy! Guten Morgen.« Sie fing an zu lächeln, wurde aber von einem Gähnen unterbrochen. »Entschuldigung. Ich bin kein Morgenmensch. Setz dich doch.«

Lucy setzte sich. Sie nahm einen Schluck Orangensaft. Er war frisch gepresst! In einem Körbchen lagen Scheiben des dunklen, krümeligen Brots. Weißbrotscheiben steckten in einem Toaster. Am Tischrand standen fünf Packungen mit verschiedenen Cornflakes- und Müsli-Sorten. Es gab eine Käseplatte, Gläser mit Honig und verschiedenen, selbst gekochten Marmeladen, Honigmelonenscheiben, frische Erdbeeren, Joghurt, Milch und Sahne. Unter lustigen gehäkelten

Eierwärmern, die aussehen sollten wie Hühner, warteten wohl gekochte Eier.

»Kaffee oder Tee?«, fragte Tante Paula.

»Kaffee«, sagte Lucy. »Mit ganz viel Milch.«

»Ich wusste nicht, was du gewöhnlich zum Frühstück isst. Und um wie viel Uhr.«

»Och, Brötchen oder Toast mit Marmelade und Müsli. Manchmal noch ein Ei. In der Woche immer um Viertel vor sieben. Am Wochenende um halb neun.« Sie nahm sich eine Scheibe Melone.

»Viertel vor sieben –« Tante Paula sah aus, als habe sie in eine Zitrone gebissen. »Aber du hast ja Ferien. Glaubst du, du könntest so tun, als sei jeder Tag Wochenende?«

Lucy sah ihre Tante fragend an.

»Lucy, ich gestehe es dir am besten gleich: der frühe Morgen ist nicht meine bevorzugte Zeit. Wenn wir uns auf eine Frühstückszeit um neun Uhr einigen könnten, wäre ich froh. Du kannst auch früher essen, um sieben oder wann immer. Aber würde es dir dann sehr viel ausmachen, es allein zu tun?«

»Nein«, sagte Lucy. »Es würde mir nichts ausmachen. Aber neun Uhr geht auch.« Das wäre toll. Jeden Tag ausschlafen oder morgens im Bett lesen!

Sie füllte ein Glasschälchen mit Erdbeeren und goss dickflüssige Sahne darüber. Kora durfte sonntags bis Mittag liegen bleiben, wenn sie wollte. Die Erdbeeren waren köstlich. Als Nächstes musste sie die Schoko-

Cornflakes probieren. Als sie bei ihrer zweiten Scheibe Brot mit Rhabarbermarmelade angelangt war und sich allmählich satt fühlte, bemerkte sie, dass Tante Paula noch nichts gegessen hatte.

»Tante Paula, isst du nichts? Mami sagt, man muss frühstücken wie ein König.«

»Sagt sie etwa auch ›Morgenstund hat Gold im Mund‹?«

»Ja, sagt sie. Woher weißt du das?«

Tante Paula schüttelte den Kopf. »Meine große Schwester! Wenn ich früher am Wochenende vor elf Uhr in ihr Zimmer guckte, bekam ich ein Kissen an den Kopf.«

»Wirklich?« Lucy machte große Augen. »Um elf?«

Tante Paula nahm sich endlich eine Scheibe Brot, schmierte Butter darauf und köpfte ein Ei. Sie schnitt das Brot in schmale Streifen, tauchte einen in das Ei und steckte sich das von Eigelb und schmelzender Butter triefende Stück Brot in den Mund.

Lucy lief das Wasser im Munde zusammen. So hatte sie Eier gegessen, als sie klein war! Aber das machten nur kleine Kinder. Jetzt gehörte sich das nicht mehr, sagte Mami.

Tante Paula tauchte das nächste Stück ein. Und noch eins.

Mami sagte auch: andere Länder, andere Sitten.

Lucy griff nach einer Scheibe Brot, bestrich sie hastig mit Butter und zerschnitt sie. Sie riss das Häkelhuhn von ihrem Ei, schlug die Spitze ab und senkte langsam einen Brotstreifen in das flüssige Eigelb. Es schmeckte himmlisch.

»Also gut«, sagte Tante Paula. »Frühstück um neun. Ungefähr. Aber solltest du mal länger liegen bleiben wollen, weil du noch müde bist oder einfach faul sein möchtest oder vielleicht ein Buch zu Ende lesen willst, dann bleibst du natürlich im Bett.«

»Ja?«, fragte Lucy. »Wie lange?«

»Solange du willst. Es sind doch deine Ferien.«

»Machst du das manchmal auch, Tante Paula?«

»Aber ja. Zurzeit allerdings nicht. Ich habe sehr viel zu tun. Doch manchmal, im Winter, wenn es spät hell wird und früh dunkel und wenn der Sturm heult und das Meer tobt und die Gischt an die Fenster spritzt, kommt es vor, dass ich den ganzen Tag im Bett bleibe. Dann lese ich und höre Radio, trinke Tee und esse meine Lieblingsplätzchen oder Käsetoast. Wozu ich gerade Lust habe.«

»Oh«, sagte Lucy. Den ganzen Tag. Und nicht, weil sie krank war. Einfach so.

Eine schwarz-weiße Katze kam herein. Sie stieg in ihren Korb und rollte sich zusammen.

»Das ist Frau Schmidt«, sagte Tante Paula. »Übrigens, hast du dir schon überlegt, was du heute machen willst? Es gibt zwei Kinder in der Nähe, die gerne deine Bekanntschaft machen würden. Soll ich sie anrufen?«

»Ach, nein«, rief Lucy. »Nein, danke, meine ich.« Nur nicht noch mehr Fremde. Sie wollte ihre Ruhe.

»Ich muss meinen Koffer auspacken. Und dann will ich lesen. Ich habe mir Bücher mitgebracht. Die will ich hier lesen. Und damit wollte ich heute anfangen. Ich werde dich nicht stören. Ich wollte mich in den Fenstersitz oben setzen.«

Tante Paula war aufgestanden und fing an den Tisch abzuräumen. Hoffentlich war sie nicht verstimmt.

»Ja, gut«, sagte sie. »Man braucht ja auch ein wenig Zeit zum Eingewöhnen. Und der Fenstersitz ist ein wunderbarer Platz zum Lesen und Träumen. Hinter den Felsen ist übrigens ein kleiner Strand. Da ist man ganz für sich. Wenn du willst, nimm dir eine Decke aus der Truhe im Wohnzimmer. Ich werde jetzt ins Bad gehen und dann bin ich in der Werkstatt neben dem Haus. Und den Koffer kannst du in den Schrank unter der Treppe stellen, wenn er leer ist.«

Der Koffer war zu sperrig für die schmale Wendeltreppe. Lucy packte ihn im Flur aus. Den kleinen silbernen Rahmen mit einem Foto von Christopher stellte sie ins Bücherregal. Sie hängte ihre Hosen, Röcke, Pullover und T-Shirts in den Schrank, sortierte die Wäsche in die Fächer und legte ihre Bücher auf den Nachttisch. Die alberne Regenjacke und den Regenhut ließ sie einfach im Koffer. Die Schuhe und Gummistiefel kamen unten in den Schrank. Den Rest – Föhn, Reisebügeleisen, Wolle und Nadeln für die Barbie-Decke, Schreibzeug und Schuhcreme – warf sie in ein leeres Fach. Den Pullover legte sie bis zum Waschen neben die Schuhe.

Sie machte ihr Bett und verstaute den Koffer unter der Treppe.

Im Bad stellte sie fest, dass es keine Dusche gab! Ein Waschbecken, eine Toilette, eine Wanne, aber noch nicht mal eine Handbrause. Und sie duschte doch jeden Morgen! Lucy stampfte mit dem Fuß auf. Wenn das Mami wüsste! Vielleicht hatte sie es gewusst oder geahnt, als sie von dem einfachen Leben sprach, das Lucy ein paar Wochen aushalten müsste? Keine Dusche. Lucy seufzte tief.

Vor sich hin schimpfend wusch sie sich mit einem Waschlappen.

Sie zog Jeans und ein graues T-Shirt an und machte es sich im Fenstersitz bequem.

Eine Weile las sie in »Pünktchen und Anton«, einem ihrer Lieblingsbücher, aber sie konnte sich heute nicht konzentrieren. Sie las und wusste am Ende der Seite nicht mehr, worum es ging.

Vielleicht würde sie sich doch den kleinen Strand ansehen, von dem Tante Paula gesprochen hatte.

Lucy holte aus der Truhe im Wohnzimmer eine graue Decke. Sie ging um das Haus herum, über die Wiese und kletterte über die glatten, runden Felsen hinab zu einem winzigen Strand. Sie breitete die Decke über den groben Sand. So, dass sie sich an einen Felsen lehnen konnte. Sie sah nichts als das Meer und die fernen, kleinen Inseln. Möwen kreischten. Zwei Schwäne zogen in einiger Entfernung lautlos vorbei. Es war angenehm warm. Lucy griff in den Sand und ließ ihn durch ihre Finger rieseln. Wieder und wieder. Sie kam sich vor wie eine Sanduhr.

Der Strand verbreiterte sich allmählich. Die Ebbe hatte eingesetzt. Das Meer zog sich zurück.

Ob eine Flaschenpost von hier den Weg nach Südafrika finden würde? Vorbei an Frankreich und Spanien und der langen Küste Afrikas bis nach Kapstadt? Oder bis zum Schiff?

Aber was würde sie schreiben?

»Liebe Mami, ich hoffe, es geht dir gut und du verbringst eine schöne Zeit mit Kurt. Bist du glücklich? Ich hoffe schon. Dann ist wenigstens eine von uns glücklich.« Tränen stiegen in Lucys Augen und liefen über. Sie fing eine mit ihrer Zungenspitze auf. Salzig. Wie das Meer. Sie warf sich auf den Bauch und weinte.

Sie bemühte sich, nicht allzu lange zu weinen, weil ihr Gesicht sonst ganz verschwiemelt aussehen würde. Ein Anblick, den eine Frau vermeiden sollte, sagte Mami. Lucy hockte sich ans Wasser und kühlte sich mit ihren nassen Händen die Augen.

Hier am Wasserrand ging der Sandstrand in einen Muschelstrand über. Hunderte, Tausende, vielleicht Millionen kleiner Muscheln und Schneckenhäuser lagen neben- und übereinander. Alle nicht größer als ihr Daumennagel. Graue, weiße, perlmutt-schimmernde Muscheln. Und graue, lila und gelbe Schneckenhäuschen. Lucy fing an zu sammeln. Im Nu waren ihre Hosentaschen gefüllt. Sie würde Kora nicht nur eine Muschel mitbringen, sondern ganz viele! Ob dies die Muscheln waren, die Tante Paula auf ihre Spiegel klebte?

Sie brauchte eine Plastiktüte oder einen Eimer. Außerdem brauchte sie etwas zu essen. Als sie ums Haus bog, verabschiedete sich Tante Paula gerade von einem Mann.

»Danke, Connor. Und grüße Mary.«

Er kletterte auf seinen Traktor und entdeckte Lucy, die an der Hausecke stehen geblieben war.

»Ah«, sagte er mit tiefer Stimme. »Das ist wohl die junge Lady?«

»Ja, meine Nichte Lucy. Lucy, das ist Connor O'Sullivan, ein guter Nachbar. Er hat einen großen Hof, nicht weit von hier. Seine Frau hat uns frische Eier und selbst gebackene Rosinen-Scones mitgeschickt. Da haben wir etwas Schönes zum Tee.«

Lucy war näher gekommen. »Guten Tag«, sagte sie und lächelte Connor O'Sullivan zu.

Er trug lehmbespritzte Jeans, ein kariertes Hemd und eine Tweedkappe. Sein Gesicht war von Wind und Wetter gerötet. Die Hände waren voller Schwielen und sahen sehr stark aus. Hellblaue Augen zwinkerten Lucy freundlich zu.

»Willkommen in Ballydooneen, Lucy«, sagte er. »Meine Jüngste, Grania, ist schon ganz wild darauf, deine Bekanntschaft zu machen. Soll ich ihr sagen, dass sie vorbeikommen kann?«

Lucy lächelte verlegen und sah ihre Tante Hilfe suchend an. Sie wollte ja nicht unhöflich sein, aber sie wünschte wirklich, man würde sie in Ruhe lassen.

»Ich glaube, Lucy braucht noch ein bisschen Zeit, Connor«, sagte Tante Paula. »Grüße Grania und sag, wir melden uns.«

Connor O'Sullivan tippte mit einem Finger an seine Mütze, ließ den Motor an und fuhr auf dem knatternden Traktor davon.

Lucy ging in die Küche und füllte die Muscheln und Schneckenhäuschen aus ihren Hosentaschen in ein leeres Marmeladenglas. Tante Paula füllte Wasser in den Kessel. Sie tranken ihren Tee auf der Wiese. Das Tablett stand auf dem Gras. Sie saßen auf dicken Kissen aus dem Wohnzimmer. Dazu gab es die noch warmen Scones mit Butter und Brombeermarmelade. Ein richtiges Picknick.

»Die Werkstatt hat angerufen«, sagte Tante Paula. »Sie brauchen für den Wagen leider noch zwei bis drei Tage. Es ist ärgerlich. Das hat man davon, wenn man sich ein altes Auto kauft ...«

»Ist dein Auto so alt wie das von Niall?«

»Ach was«, rief Tante Paula. »Corrigans Auto ist gegen meines das reinste Küken.«

Die Rostlaube, in der sie vom Flughafen gekommen waren, war doch bestimmt zehn Jahre alt oder zwölf. Lucy wusste nicht, ob sie schon mal in einem so alten Auto gefahren war. Vati erhielt jedes Jahr einen neuen

Firmenwagen. Und Mamis kleiner BMW wurde alle zwei Jahre ersetzt.

Tante Paulas Auto war also noch viel älter. Arme Tante Paula. Lucy fiel keine taktvolle Bemerkung dazu ein. »Schönes Wetter heute«, sagte sie.

Tante Paula reckte ihr Gesicht mit geschlossenen Augen der Sonne entgegen. »Wundervolles Wetter«, murmelte sie. Sie hatte einen Klecks Marmelade am Kinn.

»Tante Paula, du hast Marmelade am Kinn.«

Tante Paula wischte mit dem Zeigefinger über ihr Kinn und leckte ihn ab. »Köstlich«, sagte sie.

So saßen sie eine Weile, tranken den dunkelbraunen Tee und sprachen nur wenig. Was Kora wohl gerade machte? Vielleicht schlug sie mit mächtigen Schlägern auf eine große Trommel ein und es hörte sich an wie Donner. Oder saß sie in einem echten italienischen Eiscafé und aß italienisches Eis? »Mhhhh ... lecker.«

»Na, was ist so lecker?«, fragte Tante Paula.

Lucy hatte gar nicht gemerkt, dass sie laut gesprochen hatte. Sie wurde wieder mal rot. »Ach, ich dachte nur an meine Freundin Kora in Italien und ob sie gerade italienisches Eis isst.«

»Du magst Eis?«

Lucy nickte. »Erdbeereis. Wir gehen immer in Changs Eisdiele. Er macht das beste.« Sie wollte lieber nicht an zu Hause denken. »Gibt es hier auch Eisdielen?«

»Nein. Man kann nur in den Läden Eis aus der Tiefkühltruhe kaufen.«

Das mochte Lucy nicht. Es war meist zu süß und schmeckte langweilig. Tante Paula ging zurück in die Werkstatt. Lucy brachte das Geschirr und die Kissen ins Haus. Sie blieb bis zum Abendessen auf dem Bett liegen und ging danach früh schlafen. Der zweite Tag lag hinter ihr. Noch 33 Tage. Am liebsten hätte sie Striche an die Wand gemalt für jeden überstandenen Tag, so wie man es im Gefängnis machte. Aber nie würde sie sich trauen Striche auf die weißen Wände zu machen. Außerdem, was würde Tante Paula denken, wenn sie es sah? Sie konnte ja nichts dafür, dass die Amerikareise ins Wasser gefallen war.

Als Lucy am nächsten Morgen aufwachte, regnete es. Sie hörte das Wasser in der Dachrinne plätschern. Während des Frühstücks um neun schien die Sonne. Kaum war sie am kleinen Strand, um mehr Schneckenhäuschen zu suchen, fing der Regen wieder an und sie lief zurück. Der Regen ließ nach und ein paar Sonnenstrahlen mischten sich darunter. Über dem Meer stand ein Regenbogen. Noch nie hatte Lucy einen mit solchen kräftigen, leuchtenden Farben gesehen. Sie zog ihre Jeansjacke über. So schlimm war der Regen gar nicht. Außerdem war er fast warm. Gegen einen Felsen gelehnt sah sie in den Regenbogen, bis er verblasste und schließlich verschwand. Diese Farben in einer Decke?

Schwierig. Wie sich die Farben merken und wie viele würde man brauchen?

Sie sammelte mehr von den gelben Schneckenhäuschen. Ihr war eingefallen, wie sie die Tage auch ohne Striche an der Wand zählen konnte. Lucy wusch und trocknete ihre Fundstücke. Sie schob die Bücher auf dem mittleren Brett des Bücherregals ganz nach hinten und legte fünfunddreißig hell-, mittel- und dunkelgelbe Schneckenhäuschen davor. Mit ausgestrecktem Zeigefinger schob sie drei der Schneckenhäuschen von der Mitte nach links. Eins für jeden Tag. Ab heute wollte sie jeden Morgen gleich nach dem Aufstehen eins nach links schieben. Fast wie bei einem Adventskalender.

Lucy kniete sich vor das Regal und las die Titel auf den Buchrücken. Es waren lauter Kinderbücher. Märchen und Sagen, Kinderkrimis, Geistergeschichten. Es waren alles deutsche Bücher. Sie sahen nicht neu aus. Ob Tante Paula sie noch aus ihrer Kinderzeit hatte? Jedenfalls gab es reichlich Lesestoff. Sie würde im Bett lesen, im Fenstersitz, im Garten, am Strand, vielleicht auch in der Badewanne. Der übliche Schulaufsatz »Wie ich meine Ferien verbracht habe« würde diesmal kurz werden: Ich flog nach Irland und las fünf Wochen lang Bücher, dann flog ich zurück. Schluss.

Tante Paula klopfte und trat ins Zimmer.

»Na, du stille Maus, wie geht es dir?«

»Gut«, sagte Lucy.

»Na komm«, sagte Tante Paula. »Zeit für eine Tasse Tee.«

Zum Tee in der Küche gab es Käsetoast mit Corrigans Ziegenkäse.

»Sehr lecker«, sagte Lucy, nachdem sie das dritte Toastdreieck gegessen hatte. »Scharf, aber nicht zu scharf. Würzig.«

»Ich glaube, du bist eine Feinschmeckerin, Lucy.«

Lucy verschluckte sich. »Nein, nicht wirklich«, sagte sie. »Eigentlich mag ich ganz einfaches Essen. Äh … Bratkartoffeln und Spiegelei. Und Nudeln mit … Sauce. Und so. Würstchen mit Senf.« Lucy dachte angestrengt nach. Was gab es noch bei Kora gegen Monatsende, wenn das Geld knapp wurde?

»Linseneintopf«, rief sie. »Milchreis mit Apfelmus und Zimt.« Mehr fiel ihr nicht ein.

»Wirklich?«, sagte Tante Paula. »Bist du da nicht eine große Enttäuschung für deine Mutter? Oder kocht sie nicht mehr so begeistert? Als ich damals zu Besuch war, hatte sie gerade chinesisch kochen gelernt. Alles schmeckte köstlich und war vom Feinsten. Leider bestand sie darauf, dass wir mit Stäbchen essen sollten. Ich wäre fast verhungert.« Tante Paula lachte.

Lucy kicherte. Daran konnte sie sich nicht mehr erinnern.

»Jetzt essen wir viel italienisch. Aber auch spanisch. Mami sagt, die mediterrane Küche sei die gesündeste.«

»Du armes Kind«, sagte Tante Paula.

»Wieso?«

»Weil du dich bei deiner Vorliebe für einfaches Essen mit all diesen Feinschmeckergerichten begnügen musst«, sagte Tante Paula freundlich.

Lucy merkte, wie sie rot wurde. Zum Glück war ihre Tante damit beschäftigt, sich einen Becher Tee einzuschenken.

»Nein, ich esse das sehr gerne«, sagte sie leise. »Ich meinte nur ... Ich wollte sagen ...« Sie seufzte.

»Ich glaube, ich weiß, was du mir sagen willst, Lucy.« Tante Paula legte eine Hand auf Lucys Arm und sah sie mit einem leisen Lächeln in ihren Augen an: »Warum machen wir es nicht so: Wenn du mal ein bestimmtes Gericht essen möchtest oder auf irgendetwas Appetit hast, sagst du es einfach. Und wenn es über meine Fähigkeiten oder über meinen Geldbeutel geht, sage ich es dir. Einverstanden?«

Lucy nickte. Sie war so erleichtert.

Tante Paula nahm eine Keksdose aus dem Regal und stellte sie auf den Tisch. »Hier. Vielleicht magst du ein paar Plätzchen. Diese sind mit Ingwer, glaube ich. Und das sind Schokoladen-Walnuss-Plätzchen.«

Lucy nahm eins mit Ingwer. Sie liebte Ingwer.

»Hast du die Plätzchen selber gebacken, Tante Paula?«

»Nein, die sind vom letzten Kirchenbasar. Da raffe ich immer meine Vorräte an selbst gekochter Marmelade und Plätzchen zusammen. Übrigens, hast du Lust, gleich ein bisschen zu laufen? Du hast ja noch gar nichts von der Umgebung gesehen. Wir könnten ins Dorf gehen oder zum großen Strand.«

Lucy zuckte mit den Schultern. »Wenn du möchtest.«

»Du würdest lieber hier bleiben?«

Lucy sah auf die Tischplatte und nickte. Sie kam sich ganz blöd vor und langweilig. Aber die Vorstellung, jetzt woanders hingehen zu müssen, weg vom Haus und vielleicht fremden Leuten zu begegnen, war ihr einfach zu viel. Sie würde sich lieber mit Theodor in den Fenstersitz kuscheln oder ins Bett gehen und die Decke über den Kopf ziehen. Blöd, blöd, blöd. »Es tut mir Leid«, sagte sie kaum hörbar.

»Der Strand ist morgen auch noch da«, sagte Tante Paula. »Und das Dorf wird uns sicher nicht weglaufen.«

Lucy stellte sich vor, wie das Dorf sich Stelzen nahm und über die Hügel verschwand. Vielleicht hatte das Dorf ebenso wenig Lust auf Lucy wie Lucy auf das Dorf.

»Ich geh ein bisschen nach oben«, sagte sie.

Lucy hockte sich vor das Bücherregal. Morgen würde sie das vierte Schneckenhäuschen nach links schieben können.

Sie zog die Bettdecke glatt, begradigte den Bücherstapel auf dem Nachttisch und schüttelte die Kissen im Fenstersitz auf. Es war kein Schiff zu sehen. Nur große weiße Wolken warfen wandernde Schatten auf das Meer.

Vielleicht sollte sie endlich den Pullover waschen. Lucy öffnete die angelehnte Schranktür. Frau Schmidt lag neben den Schuhen auf dem Pullover und hielt ein Nickerchen. Sie öffnete die Augen und hob den Kopf.

»Na, gefällt er dir? Schön weich, nicht?« Lucy ging in die Knie und streichelte die Katze. »Er steht dir gut. Bleib ruhig liegen. Ich kann ihn ein anderes Mal waschen.« Wahrscheinlich würde der Fleck sowieso nicht ganz rausgehen. Frau Schmidt schnurrte und kuschelte sich tiefer in ihr wolliges Nest.

Lucys Blick fiel auf das zerdrückte Blümchenkleid. Sollte sie es bügeln? Mami hatte ihr extra das Reisebügeleisen eingepackt. Ach was. Sie suchte sich das Strickzeug raus und begann die Barbie-Decke für Kora. Sie strickte langsam. Sie hatte viel Zeit.

Zwölf zierliche rosa Wollquadrate waren fertig, als Lucy nach unten ging. Sie hörte Tante Paula sprechen und zögerte an der Tür zum Wohnzimmer. War Besuch gekommen?

»Ach, ich weiß nicht«, sagte Tante Paula. »Wie? ... Nein, das wohl nicht ... Mmh, mmh.«

Sie telefonierte nur. Lucy wollte gerade die Tür öffnen, als ihre Tante weiterredete. »Ich glaube, es gefällt ihr hier einfach nicht. Mein Eindruck ist, sie fühlt sich überhaupt nicht wohl. Wie? ... Nein, gesagt hat sie nichts, dazu ist Lucy viel zu höflich.«

Lucy erstarrte. Tante Paula sprach über sie!

»Ja, das stimmt wohl ... Ich kann nur abwarten. Es tut mir nur so Leid für sie. Sie ist natürlich ganz andere Ferien gewöhnt ... Ich glaube, sie zählt die Tage, bis sie hier wieder wegkann. Ja, ich weiß. Nun gut, wenn du die Sachen morgen für mich besorgen würdest, wäre das prima. Mein Auto soll in den nächsten Tagen fertig sein, aber bis dahin bin ich hier gestrandet ... Ja. Danke, Corrigan. Bis morgen.« Sie legte den Hörer auf.

Lucy schlug das Herz bis in den Hals. Sie huschte die Treppe hoch und kauerte sich in den Fenstersitz. Ihre Gedanken purzelten in ihrem Kopf umher. Sie presste ihre Stirn gegen die kühle Scheibe und versuchte ruhiger zu atmen.

Es stimmte ja, sie zählte die Tage bis zu ihrer Abreise. Aber dass es ihr hier nicht gefiel? Stimmte das auch?

Ihr kleines Zimmer unterm Dach war so schön, das ganze Haus gefiel ihr. Da war das Meer vor dem Fenster und der kleine Strand, den sie ganz für sich hatte. Die schnurrige Frau Schmidt. Und ihre Tante, die mochte sie mehr und mehr. Sie war so ... so ... Lucy fiel das rechte Wort nicht ein. Vielleicht war sie ihr noch ein bisschen fremd. Aber sonst ...

Jetzt glaubte sie, dass es Lucy hier nicht gefiel! Das hatte doch gar nichts mit Tante Paula zu tun. Was für ein Durcheinander.

Lucy hatte nicht gedacht, dass jemand merken würde, wie schwer ihr ums Herz war. Und Tante Paula hielt sie noch für höflich!

Lucy nahm ihren ganzen Mut zusammen und stand auf. Tante Paula saß auf dem Sofa und las Zeitung. Sie legte sie beiseite, als Lucy sich auf die Sesselkante setzte.

»Ich fürchte, dein Ferienwetter bleibt erst einmal trübe«, sagte Tante Paula, als sei es ihre Schuld. »Ein Tief nähert sich von Westen, sagt die Wettervorhersage.«

Lucy holte tief Luft.

»Ich wollte nicht lauschen«, sagte sie.

»War das Radio zu laut?«, fragte Tante Paula.

Lucy schüttelte den Kopf. »Vorhin. Ich kam runter. Du warst am Telefon. Als ich meinen Namen hörte ...« Lucy schluckte.

»O Lucy«, sagte Tante Paula. »Du hast gehört, was ich zu Corrigan sagte?«

Lucy nickte. »Ich wollte nur sagen ... Es ist nicht, weil es mir nicht gefällt ... Ich meine, du kannst nichts dafür. Es ist ...« Lucy biss sich auf die Lippen und senkte den Kopf. »Es ist nur ...«

»Ja, Lucy?«

»Weil ... weil ich irgendwie so traurig bin!« Lucys Stimme knickte weg und Tränen schossen ihr in die Augen.

Das ist es, dachte sie, ich bin traurig! Einfach traurig.

»O Lucy, meine arme Maus!« Tante Paula öffnete ihre Arme und Lucy flüchtete hinein und weinte in Tante Paulas Bluse.

»Bist du traurig, weil du Heimweh hast?«, fragte Tante Paula nach einer Weile.

Lucy schüttelte den Kopf. »Ich glaube nicht. Nicht richtig. Es ist – alles.« Sie zog ein sauberes Taschentuch aus der Hosentasche und schnäuzte sich die Nase.

Sie dachte nach.

»Wir wollten doch nach Kalifornien, Mami und ich. Ich habe mich so gefreut auf Amerika. ›Nur wir beiden Frauen‹, hat Mami gesagt, ›wir fliegen über den Großen Teich und machen Ferien‹ ... und dann, ganz plötzlich, nicht. Weil sie zu Kurt konnte. Das ist ihr Freund.«

Tante Paula nickte.

»Ich verstehe das auch. Wirklich. Ich will, dass sie glücklich ist. Dann ... war nirgends Platz für mich. Ich wäre gerne mit Vati gefahren, wegen Christopher, aber sie ... wollten mich nicht.«

Tante Paula seufzte und drückte Lucy an sich.

»Kora und ihre Mutter hätten mich mitgenommen. Aber da war kein Platz mehr frei. Und sonst war alles ausgebucht. Nur ich war übrig.«

»Kein schönes Gefühl«, sagte Tante Paula.

»Nein«, flüsterte Lucy. »Nein.«

Sie lehnte ihren Kopf gegen Tante Paulas Schulter. Allmählich beruhigte sich der Sturm in ihr. Sie atmete auf.

»Und dann«, sagte Tante Paula leise, »solltest du nach Irland, zu dieser unbekannten Tante. Und so wie bei manchen Menschen vor Kummer oder Schreck die Haare über Nacht weiß werden ... so wurden deine rot?«

Lucy kicherte. »Nicht über Nacht. Am Nachmittag. Ich hatte die Farbe im Supermarkt gesehen. Sie heißt ›Irischrot‹.«

»Und da hat es dich gepackt.«

Lucy nickte. Gepackt war der richtige Ausdruck.

»Ein prächtiges Rot«, sagte Tante Paula. »Wie wäre es, wenn ich uns jetzt eine Pizza in den Ofen schiebe?«

»Eine gute Idee«, sagte Lucy.

In der Nacht hatte Lucy wilde Träume. Nicht so schrecklich wie Albträume, aber anstrengend irgendwie. Als sie gegen Morgen langsam wach wurde, war sie ganz geschafft. Schon konnte sie sich nicht mehr genau erinnern, außer an ein wildes aufregendes Durcheinander; Abenteuer und Bilder und sie mittendrin.

Es dauerte eine Weile, bis ihr klar wurde, dass das Heulen und Scheppern von einem wirklichen Sturm verursacht wurde und nicht noch aus ihren Träumen kam.

Sie sah aus dem Fenster. Über das dunkelgraue Meer rollten unablässig große weiß schäumende Wellen gegen das Land. Am hellen Morgenhimmel jagten dunkle Wolken. Der Wind zauste die Sträucher hinter dem

Haus. Es sah schön aus und unheimlich. Lucy war froh, hinter dicken Mauern zu sein.

Sie kuschelte sich wieder ins Bett. Hoffentlich geriet Mamis Schiff nicht in so einen Sturm, dachte sie, bevor sie eindöste.

Es war schon nach zehn, als sie davon aufwachte, dass an ihre Tür geklopft wurde.

»Ein Wetter, um noch im Bett zu bleiben«, sagte Tante Paula. »Besonders, wenn man gerade ein bisschen traurig ist.«

»Auch wenn man nicht mehr so traurig ist?«, fragte Lucy.

Ihre Tante lächelte. »Dann ist es besonders schön.«

Sie stellte Lucy das Betttablett hin. Ein großer Becher mit dampfendem Milchkaffee, ein gekochtes Ei unter der Hühnchenhaube, gebutterte Brotstreifen zum Tunken, ein Marmeladenbrot und ein Schälchen mit Müsli, Apfelstückchen und Sahne standen darauf. Lucy verspürte plötzlich einen Bärenhunger.

»Hast du noch Wünsche?«, wollte Tante Paula wissen.

Lucy zögerte. »Das Salz?«, fragte sie.

Kurz darauf war Tante Paula mit dem Salzstreuer zurück.

»Wie der Wind heult«, sagte Lucy. »Wenn Mamis Schiff nur nicht in so einen schlimmen Sturm kommt. Sie passt nie auf, wenn erzählt wird, wo die Rettungsboote sind. Oder die Notausgänge und solche Sachen.

Immer wenn wir auf einem Schiff waren, musste ich mir das merken. Sie achtet einfach nicht darauf. Und wenn mal etwas passiert, weiß sie es nicht ...«

»Ich könnte mir vorstellen, dass Kurt sich auf dem Schiff gut auskennt«, sagte Tante Paula.

»Oh!«, sagte Lucy. »Ja, Kurt. Er arbeitet da. Er weiß bestimmt genau Bescheid. Dann kann er ihr alles zeigen, nicht?«

»Wenn es nötig ist. Wahrscheinlich ist das Meer dort glatt wie ein Spiegel und deine Mutter sonnt sich an Deck.«

»In einem ihrer neuen Bikinis«, nickte Lucy und köpfte das Ei.

Nach dem Frühstück las Lucy einige Zeit in ihrem Buch. Dann strickte sie eine Weile. Zum Stricken war das Bett nicht ideal. Sie schloss die Augen, hing ihren Gedanken nach und lauschte dem Wind.

Mittags brachte Tante Paula Milchreis und Apfelmus.

»Oh! Tante Paula!«, rief Lucy. Der Tag wurde immer besser. Sie mochte Milchreis mit Apfelmus und Zimt wirklich zu gerne. Koras Mutter machte ihn häufig an Samstagen als Mittagessen. Lucy freute sich immer, wenn sie dazu eingeladen wurde. Mami kochte selten Süßspeisen und nie Milchreis.

Tante Paula reichte Lucy eine der Schalen mit einem Löffel und machte es sich im Fenstersitz bequem.

»Lucy, ich möchte dich um einen Gefallen bitten.«

Lucy hielt die Luft an und griff den Löffel fester. Hatte sie etwas getan? Oder etwas nicht getan? Was konnte es sein?

Tante Paula rührte das Apfelmus unter den Reis. »Aber wenn es dir unangenehm ist oder du einfach nicht möchtest, sagst du es mir, ja? Das ist dann auch in Ordnung.«

Lucy nickte. Worum ging es nur?

»Würde es dir etwas ausmachen, mich nicht ›Tante‹ Paula zu nennen, sondern ›Paula‹?«

Einfach beim Vornamen, so wie eine Freundin! Lucy wurde ganz warm. Sie schüttelte den Kopf.

»Heißt das: nein, es macht dir nichts aus, oder: nein, du möchtest nicht?« Ihre Tante lächelte.

»Ich möchte gerne«, sagte Lucy leise. »Ja.«

»Danke. Das ist schön. – Nun, wie schmeckt es dir?«

Der Reis war körniger als der von Frau Müller. Das Apfelmus war köstlich.

»Schmeckt gut, Tan–, äh, Paula! Was ist da noch drin? Vanille?«

»Ja, eine Vanilleschote. Du hast doch eine feine Zunge. Aber das Besondere sind die Äpfel. Nicht viel größer als Holzäpfel und recht unscheinbar. Aber ein Aroma –! Ich weiß gar nicht, ob sie einen Namen haben. Der Baum steht bei einem verlassenen Haus. Er ist alles, was dort vom Garten übrig geblieben ist.«

»Ein verlassenes Haus? Oh! Kann ich da mal hin?«

Gleich morgen wollte sie sich das angucken. Oder über-morgen. Denn zum großen Strand wollte sie auch end-lich. Und ins Dorf. Ob der Sturm sich bis morgen aus-getobt haben würde?

Lucy las ihr Buch aus. Als nächstes wählte sie einen Band mit irischen Märchen und Sagen. Sie las von Elfen und dem kleinen Volk, das im Verborgenen lebt, von sprechenden Wellen und farbigen Winden. Zu den Ge-schichten gab es bunte Bilder.

Gegen drei Uhr sprang Lucy aus dem Bett. Sie reckte sich. Raus würde sie heute nicht gehen und zum Anzie-hen hatte sie keine Lust. In Nachthemd, Pullover und dicken Wollsocken stieg sie die Wendeltreppe hinunter, ihren Strickbeutel in der Hand. Ihre Tante und Corrigan saßen im Wohnzimmer und tranken Kaffee.

»Hallo«, sagte Lucy.

»Komm, setz dich zu uns«, sagte Paula. »Corrigan hat in Bantry für uns eingekauft. So brauchen wir nicht zu verhungern.«

»Tag, Lucy«, sagte Corrigan. »Wie geht's?«

»Gut. Ich war den ganzen Tag im Bett. Bis jetzt. Ein-fach so.«

»Hört sich gut an«, sagte er.

»War es auch«, sagte Lucy. Sie tauschte ein Lächeln mit Paula.

Lucy holte sich ein Glas Milch aus der Küche. Sie setzte sich zu Paula auf das Sofa und begann ein kleines hellgraues Quadrat zu stricken. Neun fehlten ihr noch.

»Was strickst du?«, fragte Paula. »Das ist ja ein winziges Teil.«

»Ich mache eine Puppendecke für meine Freundin Kora.« Sie holte die fertigen Stücke aus dem Beutel und zeigte sie Paula.

»Ah ja, das wird eine Patchworkdecke«, sagte Paula. »Du strickst so gleichmäßig wie gemalt. Wirklich gut. Strickst du viel?«

»Ja. Aber nur Decken. Keine Pullover und so was. Mami meint, Pullover wären nützlicher und schicker als Decken. Aber ich mag keine Pullover stricken. Manchmal ribble ich Pullover auf – die kommen dann auch in eine Decke.«

»Das gefällt mir. Sie leben dann in der Decke weiter.«

»Ja«, rief Lucy. »So ungefähr. Ich habe eine Kuscheldecke, da sind viele alte Lieblingspullover von mir drin. Und wenn ich die Farben sehe, erinnere ich mich an alles. Wie sie sich anfühlten. Und wann ich sie getragen habe … und so.«

»Die Decke erzählt eine Geschichte.«

Lucy nickte. »Viele Geschichten.«

Kora wusste nicht, dass sie die Wolle mit nach Irland genommen hatte. Sie würde ihre Freundin mit der fertigen Decke überraschen. Lucy runzelte ihre Brauen. Mit den feinen Nadeln und der zarten Wolle waren gleichmäßige Maschen gar nicht so einfach. Sie strickte alles glatt rechts. Eine Wellenlinie reihte sich an die andere. Das einfachste Muster, aber sie mochte es. Und auf einer so kleinen Decke würden aufwendige Muster nur stören.

Mit einem Ohr lauschte sie dem Gespräch der Erwachsenen. Es ging um Leute, die sie nicht kannte und die sie nicht interessierten, und um Politik.

»Und wie kamst du auf Käse?«, fragte Paula.

Lucy ließ ihr Strickzeug sinken. Das wollte sie auch wissen. »Und warum Ziegenkäse?«, fragte Lucy.

Corrigan hob eine Augenbraue, lächelte, hob die Hände und zuckte mit den Schultern.

»Ja, warum?«, sagte er. »Ich soll–, hm ... wollte für eine Weile aufs Land ziehen, das ruhige Landleben genießen. Und als ich überlegte, womit ich mir die Zeit vertreiben und gleichzeitig etwas Geld verdienen könnte, fiel mir Mary ein. Sie machte früher den besten Ziegenkäse, den ich je gegessen habe. Viele haben versucht ihn nachzuahmen. Niemand ist hinter das Geheimnis ihrer Zubereitung gekommen. Sie ist nicht mehr die Jüngste und hat sich mit den noch lebenden Ziegen zur Ruhe gesetzt. Ich habe sie gefragt und sie hat mir ihr Rezept vererbt. Dann kaufte ich Jack's Cottage, meine Ziegen ... das war's. Und inzwischen klappt es ganz gut. Es macht sogar Spaß.

»Niall, wer ist Jack?«, fragte Lucy.

»Ich habe keine Ahnung«, sagte Corrigan. »Der Mann, von dem ich das Haus kaufte, heißt Jerry Downey. Diesem Jack muss das Haus vor vielen, vielen Jahren gehört haben. Jetzt ist es einfach der Name des Hauses.«

Lucy strickte weiter. Pensionierte Ziegen. Geheime Käserezepte. Häuser mit Namen von Leuten, die keiner mehr kannte. Überhaupt: Häuser mit Namen. Das gefiel ihr. »Ich weiß jetzt, warum dein Haus ›Green Wind Cottage‹ heißt, Tante – äh, Paula.«

»Du hast in den irischen Märchen und Sagen gelesen, ja?«

»Und was sagen die irischen Märchen und Sagen über den grünen Wind?«, fragte Corrigan.

»Aber du bist doch Ire, Niall«, rief Lucy. »Du musst es wissen.«

»Da habe ich in der Schule wohl nicht aufgepasst, Madam«, sagte er. »Erklärst du's mir?«

Lucy deutete mit einer Stricknadel auf ihn. »Ganz, ganz früher, vor langer, langer Zeit haben die Menschen hier in Irland geglaubt – oder vielleicht war es auch so, oder vielleicht hatten sie einfach bessere Augen als wir –, jedenfalls, sie haben geglaubt, dass der Wind nicht unsichtbar ist, sondern dass er eine Farbe hat. Aus jeder Himmelsrichtung eine andere. Der Westwind war ganz hell. Der Südwind weiß. Und hier, dazwischen, war er grün. Green Wind Cottage. Haus im grünen Wind.«

»So ist es«, sagte Paula.

Corrigan hob seinen Becher und verneigte sich im Sitzen vor Paula. »Eine passende und ungewöhnliche Namenswahl«, sagte er.

»Oh, das Haus hieß schon so«, sagte sie. »Ich habe den Namen nur übernommen.«

»Es hatte kein Dach«, verkündete Lucy. »Tan–, Paula wohnte im Zelt.«

»Originell«, sagte Corrigan.

»Eng«, sagte Paula. »Es war ein sehr kleines Zelt.«

Abends aßen Lucy und Paula grünen Salat, Spiegeleier und Bratkartoffeln. Der Salat schmeckte gut. Die Eier waren gelungen. Die Kartoffeln waren in der Pfanne angeklebt und mussten herausgekratzt werden. Fettig und etwas matschig lagen sie auf den Tellern.

»Hm«, sagte Paula. »Ich dachte immer, Bratkartoffeln seien kinderleicht. Du brauchst sie natürlich nicht zu essen. Schieb sie zur Seite.«

»Ach wo.« Lucy hob ihr Spiegelei über die Kartoffeln und vermengte alles. Es schmeckte gar nicht schlecht. Paula legte ihr Ei auf eine Scheibe Brot.

»Irgendetwas habe ich falsch gemacht. Die falsche Kartoffelsorte? Zu viel Fett? Was meinst du?«

»Ich weiß es auch nicht«, sagte Lucy. »Mami macht nie Bratkartoffeln. Die esse ich nur bei Kora.«

»Ach ja, die mediterrane Küche. Ich kann ja morgen Fetuccini oder Linguini machen. Da kannst du mich dann beraten. Oder willst du kochen?«

»Ich? Nein! Ich meine, ich kann eigentlich nicht kochen.«

»Bist du da nicht zu bescheiden? Mit so einer Meisterköchin als Mutter hast du doch bestimmt ... oder kocht ihr nicht zusammen?«

»Nein, machen wir nicht. Mami kocht lieber allein. Es geht schneller, sagt sie. Und die Küche sieht hinterher nicht so schlimm aus.«

Lucy versuchte zu lächeln. »Ich bin manchmal ungeschickt. Und werfe was um. Das läuft dann aus. Einmal habe ich Mamis neue Wildlederpumps ruiniert. Mit provenzalischem Kräuteröl. Darum kocht sie lieber ohne mich. Aber ich könnte Butterbrote machen. Du musst nicht jeden Tag für mich kochen. Ich esse gerne belegte Brote.«

Lucy war eingefallen, dass sie ihrer Tante nicht lästig fallen sollte. »Ich würde auch ganz vorsichtig sein und nichts verschütten oder verschmieren.«

»Ach, Lucy«, sagte Paula. »Schau, ich besitze keine Wildlederpumps. Und das sind Schieferplatten auf dem Fußboden. Die halten eine Menge aus. Wenn dich die Lust überkommt, hier etwas zusammenzurühren, dann darfst du das gerne tun. Und wenn du alles mit Mehl bestäubst, voll krümelst und Öl darübergießt, können wir das später problemlos wegfegen, -wischen oder -saugen. Und wenn du Hunger auf ein Butterbrot bekommst, dann machst du dir eins, Tag oder Nacht. Oder sagst es mir – na ja, auch Tag oder Nacht, aber möglichst nicht vor neun – du weißt schon. Aber du musst dir wirklich keine Brote machen, weil du denkst, es wäre mir zu viel, Essen für dich zu bereiten oder für dich zu sorgen. Ich freue mich, dass du da bist, und ich tue es gerne. Was nicht heißt, dass ich es immer gut mache, wie du heute gemerkt hast.«

Paula nahm eine Portion ihrer missglückten Bratkartoffeln auf die Gabel. Sie hielt die Gabel in der Hand und streckte ihren Arm aus. Eine schnelle Drehung des Handgelenks und die Kartoffeln klatschten auf den Fußboden. Gelb auf grau.

»Huch«, machte Lucy und sah von den Kartoffeln zu Paula und zurück.

Frau Schmidt kam auf dem Weg zu ihrem Futternapf an den Kartoffeln vorbei und blieb stehen. Sie schnupperte daran, schüttelte den Kopf und kratzte mit einer Pfote über den Boden, als wolle sie etwas verscharren, und ging weiter.

»Tja«, sagte Paula. »So viel zu meinen Bratkartoffeln.«

»Frau Schmidt ist wohl sehr anspruchsvoll«, sagte Lucy. »Ich finde, sie waren ...«

»Na«, warnte Paula. »Sag die Wahrheit. Sonst mach ich sie morgen wieder.«

Lucy kicherte. »Sie schmeckten nicht schlecht«, sagte sie. »Ehrlich.«

»Danke, Maus.«

Das vom Sturm aufgewühlte Meer hatte den kleinen Strand mit winzigen gelben Schneckenhäusern überspült. Es sah aus, als sei der Strand vergoldet. Vielleicht würde die nächste Flut diesen Schatz wieder davontragen. Lucy holte sich ein Vorratsglas und fing an zu sammeln. Schneckenhäuschen von Hell bis Zitrone, von Gold bis Braunorange.

»Die gelben gibt es nur an dieser Stelle«, wisperte es.

Lucy sah sich um. Die beiden Schwäne glitten in einiger Entfernung durch das Wasser und schauten sie an.

Sprechende Schwäne?

»Hier oben bin ich«, sagte die helle Stimme.

Über einen der Felsen guckte ein zierliches Mädchen auf Lucy herab. Es hatte ein schmales Gesicht, milchweiße Haut, langes, glattes, rabenschwarzes Haar und mandelförmige, veilchenblaue Augen. Es erinnerte Lucy an eines der Bilder im Märchenbuch. Eine Elfe?

»Ich konnte einfach nicht länger fortbleiben«, sagte das Mädchen. »Ich bin zu neugierig.« Sie schwang ein Bein über den Felsen und fing an zu Lucy herunterzuklettern.

Trugen Elfen heutzutage Jeans und T-Shirts mit dem Aufdruck »Rettet die Elefanten«?

Das Mädchen war unten angelangt und lächelte Lucy an. »Hallo.«

»Du bist wohl Grania?«, sagte Lucy.

»Natürlich. Wer sollte ich sonst sein? Mein Vater hat gesagt, ich soll dich in Ruhe lassen, bis du so weit bist. Aber ich habe es nicht mehr ausgehalten. Ich sagte zu Martin: Vielleicht ist sie ja so weit und wir wissen es nur nicht. Und da dachte ich, ich frage dich selber. Außerdem mussten wir sowieso zu Paula, das heißt, Martin musste. Wegen Winnetou. Sein Vater kommt heute zurück und da zieht er wieder zu Paula. Winnetou, meine ich. Also, bist du schon so weit? Das wäre toll. Dann kannst du gleich mitkommen. Wir wollen am großen Strand Treibholz für Paula sammeln. In dem Sturm wurde bestimmt viel angespült. Und sie braucht dringend Holz, sagt sie. Wir könnten viel mehr sammeln, wenn du mitmachen würdest. Du willst doch, oder? Sag, dass du willst.«

Lucy kam sich vor wie von einer Riesenwelle überrollt.

»Winnetous Vater kommt zurück?«, fragte sie.

Grania lachte laut auf. »Machst du Spaß? Nein, Martins Vater kommt zurück. Und Martin bringt Winnetou zu Paula. Winnetou wohnt dann wieder bei ihr.«

»Winnetou wohnt bei Paula?«

»Ja, sag ich doch.«

»Er ist kein Indianer, oder?«

»Häh? Er ist Martins Hund!«

»Ach so«, sagte Lucy. »Ein Hund. Und Martin ist …?«

»Martin ist mein bester Freund. Er ist schon zwölf. Seine Eltern sind auch Deutsche. Aber du musst bitte Englisch mit ihm sprechen. Sonst versteh ich euch nicht. Ich kann nur ganz, ganz wenig Deutsch. Fast nichts. Paula bringt mir manchmal etwas bei. Bis ich groß bin, will ich es können. Und Französisch. Aber das werde ich in der Schule lernen. Für die Gäste. Bed & Breakfast, weißt du. Zimmer mit Frühstück. Ich will die alten Ställe umbauen. Rinder haben keine Zukunft, sagt mein Vater. Ein paar Hühner und Schweine würde ich aber schon haben wollen, glaube ich. Vielleicht auch einige Ponys für die Kinder der Gäste. Was meinst du? Martin meint, ja. Und die Gäste können auf jeden Fall ihre Hunde mitbringen. Martin sagt, es ist so unfair, wenn Hotels und Pensionen keine Hunde erlauben. Sie könnten mit ins Zimmer oder in eine Hundehütte. Viele bunte Hundehütten. Das sähe doch umwerfend aus, findest du nicht?«

»Umwerfend«, sagte Lucy.

»So, dein Glas ist fast voll. Lass uns zum großen Strand gehen, solange noch Ebbe ist. Du kommst doch mit, oder?«

»Ja, ja, ich komme mit. Sag mal, hast du gesagt, du willst Ställe umbauen?«

»Ja, wenn ich den Hof bekomme. Das dauert ja noch ein bisschen. Aber meine Mutter sagt, es ist gut, Pläne zu haben.«

»Du bekommst euren Bauernhof?«

»Genau. Meine Geschwister wollen ihn zum Glück nicht. Sie machen alle was anderes.«

»Seid ihr viele?«

»Sieben«, sagte Grania. »Ich habe drei Schwestern und drei Brüder. Hast du auch welche?«

»Einen Halbbruder«, sagte Lucy. »Christopher. Er ist noch ganz klein.«

Paula stand vor dem Haus und unterhielt sich mit einem Jungen. Neben ihm saß ein mittelgroßer schwarzer Hund und wedelte mit dem Schwanz.

»Sag bloß nichts wegen Winnetou«, flüsterte Grania. »Martin ist da sehr empfindlich. Am besten tust du so, als wüsstest du von nichts.«

Als wüsste ich was nicht, dachte Lucy.

Paula sagte: »Hat dich unser Wirbelwind gefunden, Lucy? Sie war nicht aufzuhalten. Hier, das sind Martin und Winnetou. Martin, meine Nichte Lucy.«

Martin nickte ihr zu.

»Tag«, sagte Lucy. Sie fühlte sich wieder ein wenig schüchtern. Granias Überfall hatte ihr gar keine Zeit dazu gelassen.

Martin war ein kräftiger Junge mit einer gesunden Gesichtsfarbe. Die kurz geschnittenen braunen Haare lagen durcheinander, so als habe er vergessen sich zu kämmen. Seine Augen waren graublau wie das ausgeleierte Sweatshirt, das er über verwaschenen Jeans trug.

»Du hast doch keine Angst vor Hunden?«, fragte er.

Lucy schüttelte den Kopf.

»Gib Pfote«, sagte Martin. »Sie ist ein Freund. Gib Pfote.«

Der Hund hob eine Pfote und hechelte erfreut, als Lucy sie schüttelte.

»Kommst du mit zum Treibholzsammeln?«, fragte Martin.

Lucy nickte.

»Schön«, sagte Paula. »Bringt einfach alles an Holz mit, was ihr findet. Ich sortiere es anschließend.«

Sie strich Lucy über den Kopf. »Bis später dann.«

Der Weg zum großen Strand kam Lucy recht lang vor. Es war mehr ein Trampelpfad als ein Weg. An den Seiten standen hohe, blühende Fuchsienhecken. Lucy hielt ihre Augen auf den Boden gerichtet, um Pfützen und Kuhfladen zu vermeiden. Grania lief voraus. Es konnte ihr gar nicht schnell genug gehen. Lucy folgte mit Martin und Winnetou.

An einer Lücke in der Hecke wartete Grania auf sie.

»Wir müssen hier durch«, sagte sie. »Das ist eine Abkürzung.«

Das letzte Stück führte über einen flachen Hügel, der von niedrigem Ginstergestrüpp bedeckt war. Es pikste Lucy durch ihre Jeans hindurch.

Autsch, dachte Lucy mehrmals. Autsch. Sie half natürlich gerne, Paula mit kostenlosem Brennholz zu versorgen. Doch ein Anruf beim Holzhändler wäre einfacher gewesen. Aber nicht billiger, ermahnte sie sich.

Sie waren auf der Hügelkuppe angelangt. Vor ihnen lag eine weite Meeresbucht, die von einem breiten Sandstrand gesäumt wurde. Ein paar Möwen spazierten am Wasser entlang. Winnetou rannte auf sie zu und bellte ihnen etwas hinterher, als sie auf- und davonflogen.

»Oh ...«, sagte Lucy. So groß hatte sie sich den Strand nicht vorgestellt. »Schööön! Geht ihr hier auch schwimmen?«

»Ich ja«, sagte Martin. »Grania nicht. Sie ist wasserscheu.«

»Bin ich nicht«, rief sie und bewarf ihn mit einer Hand voll Sand. »Ich besitze nicht mal einen Schirm!«

Martin lachte. Seine Augen verzogen sich zu lustigen Schlitzen. Er nahm die große Sisaltasche von der Schulter und holte zwei Beutel für Grania und Lucy heraus.

»Aber ich sehe gar kein Holz«, sagte Lucy. Große Lust hatte sie auch nicht.

»Ich gehe am Wasser entlang«, rief Grania und hüpfte los.

»Dann nehme ich die Mitte vom Strand«, sagte Martin. »Lucy, du übernimmst den oberen Teil. Wir suchen flache Holzstücke. Lass die runden Äste liegen, außer sie sind klein und besonders schön. Oder irgendwie bizarr geformt. Wenn du unsicher bist, nimm sie mit. Paula kann sie immer noch aussortieren und als Feuerholz benutzen. Alles klar?«

Lucy nickte. Nichts war klar! Das Holz, das Paula aussortierte, kam in den Ofen. Wofür war das Holz, das sie behielt? Weswegen waren sie hier? Warum hatte es ihr niemand erklärt? Sie nahmen alle an, dass sie es wüsste. Wahrscheinlich sollte sie es wissen. Und jetzt traute sie sich nicht, danach zu fragen.

Unten am Wasser hob Grania etwas auf und steckte es in ihre Tasche. Martin ging mit gesenktem Kopf langsam den Strand entlang.

Lucy seufzte und setzte sich in Gang. Den Beutel zog sie an den Lederriemen hinter sich her.

Sie sah kein Holz. Hier war nur Sand, Sand, Sand. Ab und zu gab es ein paar Kiesel und einige langweilige Muscheln. Martin hatte inzwischen einen gehörigen Vorsprung vor ihr. Er war fast auf Granias Höhe. Er bückte sich nach einem großen Stück Holz.

Wie schön die Wolken heute wieder sind, dachte Lucy. Wie dicke weiße Sofakissen. Ihr Fuß stieß gegen etwas Hartes. »Au, au, au, au!«, klagte Lucy. Sie ließ sich in den Sand fallen und wedelte ihr Bein durch die Luft, bis der Schmerz nachließ.

Sie tastete über den Boden und stieß auf das Hindernis. Ein Stück Holz! Mit einem Ruck befreite sie es aus dem Sand.

Es war flach. »Gut«, murmelte Lucy. Es war so lang wie ihr Unterarm und breiter als ihre Hand. Es war fein gemasert. Wasser und Sand hatten die Kanten gerundet und die Oberfläche poliert. Das graue Holz glänzte matt, fast silbern. Es ist schön, dachte Lucy überrascht.

Sie guckte nun anders, nicht nur über die Oberfläche hinweg, sondern genauer darauf. Sie achtete auf Unregelmäßigkeiten im Muster des Sandes und fand einige ganz oder teilweise verborgen liegende Stücke Treibholz. Klein waren sie, aber flach wie gewünscht.

Eine größere dunkle Fläche entpuppte sich beim Näherkommen als ein Gewirr von trockenem Seetang, in das sich alles Mögliche verheddert hatte. Muscheln, zerfranste Taustücke, eine zerbeulte Plastikmilchflasche, Treibholz – und die flache Seite einer großen elfenbeinfarbenen Jakobsmuschel. Sah sie nicht aus wie der Fächer einer Nixe?

Lucy beugte sich vor und zupfte sie aus dem Tang. Durch die Bewegung aufgestört hüpfte eine Armee von Strandtierchen ein paar Mal auf und ab, bestimmt einen halben Meter hoch. Waren es Flöhe oder so etwas wie Krabben? Lucy quietschte und rannte weg, ihr Fundstück und den Beutel fest in den Händen. Um nichts in der Welt würde sie jetzt noch das Treibholz aus dem Seetang holen. Sie schüttelte sich.

Als sie bei Grania und Martin am Ende des Strandes ankam, war ihr Beutel fast voll. Graues und braunes Treibholz mit groben oder feinen Oberflächen, das kleinste Stück nicht länger als ihr Zeigefinger. Eins zeigte noch die Reste eines roten Anstrichs.

»Was das wohl mal war?«, fragte Lucy. »Ich wüsste zu gerne, wo es herkommt. Vielleicht vom anderen Ende der Welt?«

»Vielleicht ist es von einem Boot, das unterging«, sagte Martin.

»Oder von einer Schatzkiste, die auf dem Boot war, das unterging«, sagte Lucy.

»Ich glaube, es ist einfach ein Brett, das jemand ins Meer geworfen hat«, meinte Grania.

»Jedenfalls ist es lange Zeit im Wasser getrieben«, sagte Martin. »Sonst sähe es nicht so verwittert aus.«

Martin und Grania hatten ihre Taschen bis über den Rand gefüllt. Eine lange Planke mit zwei kugelrunden Astlöchern trug Martin noch unter dem Arm.

»Das ist heute mein bester Fund«, sagte er.

»Seht mal, mein schönstes Teil«, sagte Grania, griff in die Tasche und holte ein Wurzelgebilde heraus.

»Eine Seeschlange«, sagte Lucy.

»Genau«, rief Grania. »Großartig, nicht? Und ein paar Nixentränen habe ich auch gefunden. Sogar eine blaue!« In Granias Hand lagen kleine Glasstücke in Grün, Türkis und Blau.

»Nixentränen?«, fragte Lucy. Sie nahm eine hellgrüne. Die Ränder waren vom Wasser rund geschliffen, die Oberfläche ganz matt. Lucy hielt sie gegen das Licht. Sie sah ein Muster wie winzige Wellen oder tanzende Federn. »Eine Nixenträne muss ich Kora auch mitbringen. Gibt es die in Rosa?«

»Ganz selten«, sagte Martin. »Die sind noch seltener als die blauen.«

Sie kletterten zurück über den Hügel mit den piksenden Sträuchern.

»Das hat Spaß gemacht«, sagte Lucy. »Es ist ein bisschen wie eine Schatzsuche. Gehen wir morgen wieder?«

»Sollen wir morgen nicht mal zum verlassenen Haus hochlaufen?«, fragte Grania.

»Zum verlassenen Haus! Ja, das wäre auch toll«, sagte Lucy.

»Hier lohnt sich das Suchen morgen sowieso nicht«, sagte Martin mit einem Stirnrunzeln.

»Höchstens weiter hinten, zwischen den Felsen. Da verfängt sich nach einem Sturm schon mal was. Wenn Paula ihren Wagen zurückhätte, würde sie mit uns sicher noch zu einer Stelle fahren, da ...«

»Ja, da findet man Massen«, rief Grania, »Tonnen!«

»Jedenfalls ziemlich viel nach so einem Südweststurm«, sagte Martin.

»Och ...«, sagte Lucy. »Blöd. Na ja. Schade, dass sich Paula kein neues Auto leisten kann. Dann säßen wir nicht fest.«

Martin blieb stehen. »Ein neues Auto?«, fragte er. »Wer will denn ein neues Auto, wenn man einen Sunbeam von 1952 hat? Das ist ein wundervoller Wagen. Mit Zwei-Komma-drei-Liter-Vierzylinder-Motor!«

»Was?«, sagte Lucy.

»Ja. Und wusstest du, dass er ein voll synchronisiertes Vierganggetriebe hat?«

Lucy schüttelte den Kopf. Sie sah Grania an.

Die grinste und murmelte: »Er mag Autos.«

»Und eines Tages werde ich das alles lernen. Und dann kann ich ihn selber reparieren«, fuhr Martin fort. »Und überhaupt, wie kommst du darauf, dass Paula sich kein neues Auto leisten kann? Weißt du, was so ein Sunbeam kostet?«

»Nein.« Sie wusste noch nicht einmal, wie so ein Sunbeam aussah.

»Na also.« Martin drehte sich um und sie gingen weiter.

Lucy bildete das Schlusslicht. Sie grübelte. Sie ging langsamer. Sie blieb stehen.

»Ich glaube ...«, sagte sie zu niemandem, außer es zählte die schwarz-gelb geringelte Raupe, die von rechts nach links über den Weg kroch, »ich glaube, Paula ist gar nicht arm. Ich glaube, Mami irrt sich.«

»Lucy«, rief Grania. »Wo bleibst du? Bist du angewachsen?«

Paula freute sich über so viel Treibholz.

»Danke, Kinder. Das hilft mir wirklich weiter«, sagte sie. »Aber jetzt kommt mit in die Küche. Ich habe da etwas für euch. Für Lucy ist es eine Überraschung.«

Sie setzten sich um den Tisch.

»Lucy«, sagte Paula. »Mund auf und Augen zu!«

Lucy kniff ihre Augen zu und sperrte den Mund auf. Was konnte es nur geben? Hoffentlich nicht Linsensuppe, eins ihrer angeblichen Lieblingsgerichte! Die mochte sie in Wirklichkeit gar nicht. Das hatte sie Paula noch beichten wollen. »Ist es Linsensuppe?«, fragte sie.

»Das wirst du gleich merken«, sagte Paula. »Mund auf.«

Lucy hörte Grania kichern.

»Aufgepasst, jetzt kommt's«, sagte Paula.

Lucy zog die Nase kraus.

Ein Löffel wurde ihr in den Mund geschoben. Er war kalt. Sie schloss den Mund ... es war Eis!

»Erdbeereis«, nuschelte Lucy mit vollem Mund. Sie riss die Augen auf.

Paula lachte. »Besser als die Bratkartoffeln?«

Lucy nickte: »Guuuut! Wo hast du das her? Es ist lecker.«

Es schmeckte anders als Herrn Changs Erdbeereis, aber ebenso gut.

Paula stellte eine Schüssel auf den Tisch.

»Selbst gemacht«, sagte sie. »Ich habe so ein kleines Kurbeleisgerät. Und Corrigan hat die Zutaten mitgebracht.«

»Erdbeeren«, nickte Lucy. »Und Sahne, ja? Zucker.«

»Eigelb«, sagte Paula. »Und ein bisschen Zitrone.«

»Himmlisch«, sagte Lucy und füllte ihre Schale. »Herr Chang hält sein Rezept geheim.«

»Ich wette, er tut keine irische Sahne rein«, sagte Grania. »Und jetzt schieb die Schüssel mal rüber. Ich muss noch wachsen.«

Grania und Martin verabschiedeten sich.

»Wir holen dich morgen ab«, sagte Grania zu Lucy.

»Ja, kommt aber nicht so spät.« Lucy war sehr gespannt auf das verlassene Haus.

Martin hatte Winnetou zur Seite genommen und sprach ruhig auf ihn ein. Der Hund ließ den Kopf hängen.

»Grania, was ist denn mit ihm?«, flüsterte Lucy. »Warum lässt er ihn hier?«

Martin strich seinem Hund über den Kopf, drehte sich um und ging. »Kommst du, Grania?«, rief er.

Grania sah Paula an.

»Ich erkläre es Lucy«, sagte Paula.

Grania nickte und rannte los.

Winnetou blieb sitzen und schaute Martin hinterher, bis er hinter einer Wegbiegung verschwand.

Dann folgte er Paula und Lucy ins Haus.

In der Küche bekam er ein Stück Hundekuchen. Lucy setzte sich an den Tisch und kratzte die Eisschüssel aus. Paula machte sich einen Becher Kaffee und setzte sich zu ihr.

»Es ist so«, sagte sie. »Rudi Hesse, Martins Vater, rastet manchmal aus. Alle paar Wochen trinkt er zu viel und meist wird er dann gewalttätig.«

Lucy ließ den Löffel sinken.

»Er zerschlägt dann etwas im Haus, demoliert Möbel oder zerdeppert Geschirr«, sagte Paula. »Manchmal schlägt er auch seine Frau Margret oder Martin. Einmal brach er Margret den Arm.«

Lucy schluckte.

»Aber warum … warum gehen sie nicht weg … oder…«

Paula zuckte die Schultern und schüttelte den Kopf. »Es tut ihm hinterher immer sehr Leid. Er verspricht es nie wieder zu tun. Margret glaubt ihm. Wieder und wieder. Wir Nachbarn haben schon die Polizei geholt. Aber ohne Margrets Aussage ist nichts zu machen. Und Martin will seine Mutter nicht unglücklich machen und sagt auch nichts.«

»Und niemand hilft Martin?«, fragte Lucy.

Paula verzog ihre Mundwinkel. »Nein. Zu Hause ist er auf sich selbst gestellt.«

Sie schwiegen.

»Immerhin haben wir Margret jetzt so weit, dass sie mit Martin zu den O'Sullivans verschwindet, wenn Rudi betrunken nach Hause kommt. Sie übernachten dort, bis er seinen Rausch ausgeschlafen hat.«

»Aber was ist mit Winnetou? Warum bringt Martin ihn zu dir, wenn sein Vater nach Hause kommt? Darf er keinen Hund haben?« Der Hund stand auf und kam zu Paula, als er seinen Namen hörte. Paula spielte mit einem seiner Ohren.

»Im letzten Jahr, als Martin Winnetou erst seit ein paar Monaten hatte, war Rudi wieder einmal betrunken. Er wollte Martin schlagen. Da stürzte sich Winnetou auf Rudi und verbiss sich in sein Bein.«

»Er hat Martin gerettet!«

»Rudi war außer sich. Er trat nach dem Hund und brach ihm einige Rippen.«

»O nein!« Lucys Augen füllten sich mit Tränen.

»Seitdem hasst Winnetou Rudi. Wenn er ihn sieht, knurrt er und bleckt die Zähne wie ein Höllenhund. Martin hat Angst, dass Rudi ihm wieder etwas antun könnte. Und so muss Winnetou zu mir ziehen, wenn Rudi zu Hause ist.«

»Ist er viel weg?«

»Er ist fast jede Woche einige Tage für seine Firma unterwegs. Er ist Elektriker. Reparatur und Wartung von Melkmaschinen und so was.«

Lucy kniete neben Winnetou nieder und umarmte ihn. »Bist du jetzt traurig?«, fragte sie ihn. Er wischte ihr ein paar Mal mit seiner Zunge übers Gesicht.

»Heh!«, rief Lucy. »Ich hab mich doch schon gewaschen!«

Paula stand auf. »Dann werde ich mal das Holz in die Werkstatt räumen.«

Lucy erhob sich. Jetzt oder nie! Sie hielt sich an der Rückenlehne des Stuhls fest. »Paula? Was ... was machst du damit? Mit dem Holz?«

Paula guckte Lucy erstaunt an.

Oje. Lucy sprach schnell weiter: »Ich dachte erst, wir sammeln Brennholz. Aber ... aber Martin sagte, du sortierst aus, was du nicht brauchst. Und das verbrennst du dann. Und ich wollte nur wissen ... na ja, wofür du es brauchst. Das, was du behältst.«

Paula lehnte sich an den Türrahmen und verschränkte ihre Arme. War sie ärgerlich? Lucy schlang ein Bein um das andere und stand einbeinig wie ein Flamingo.

»Ich brauche es für die Rahmen«, sagte Paula schließlich.

»Rahmen ...«, wiederholte Lucy ratlos.

»Sag mal, Lucy, hat dir deine Mutter nicht erzählt, was ich mache?«

Lucy sah zu Boden. »Hmm, ja, du klebst Muscheln auf Spiegel?« Sie spürte, wie sie rot anlief.

Paula lachte auf. »Ich klebe Muscheln auf Spiegel? Das hört sich ja toll an! Und was, bitte, fange ich dann mit diesen Kunstwerken an?«

»Du verkaufst sie an Touristen«, flüsterte Lucy.

»Ah ja. Und, verdiene ich gut?«

Lucy schüttelte den Kopf.

Paula schloss kurz ihre Augen und atmete tief durch.

»Lucy«, sagte sie dann. »Würdest du dir bitte deine Ohren zuhalten?«

Lucy legte ihre Handflächen auf die Ohren.

Paula nahm ihren Kaffeebecher und schleuderte ihn gegen die Wand. Er zersprang in kleine Stücke, die zu Boden fielen. Winnetou bellte und lief zu den Scherben. Als er feststellte, dass hier nichts mehr zu apportieren war, setzte er sich daneben und bewachte die Becherteile.

Lucy schaute von ihrer Tante auf die Scherben und zurück zu ihrer Tante.

Die fuhr sich mit gespreizten Fingern durch die Haare. »Tut mir Leid, wenn ich dich erschreckt habe –«

Lucy schüttelte den Kopf.

»Aber meine Schwester Birgit! Ich gebe ja zu, dass ich nicht oft schreibe. Aber wenn, dann bin ich recht ausführlich. Wie kommt sie auf eine so verbogene Idee? Entweder liest sie sehr flüchtig oder ... Na ja. Komm, Lucy. Ich zeige dir meine Werkstatt.«

Sie legte einen Arm um Lucys Schultern. Als sie, gefolgt von Winnetou, vor die Haustür traten, fuhren Niall Corrigan und Ulysses vor.

Winnetou lief auf den Wagen zu. Er drängte sich an Corrigan vorbei, sprang ins Auto und begrüßte Ulysses. Dann setzte er sich auf den Fahrersitz.

Corrigan schüttelte den Kopf. »Fahrer und Beifahrer. Eines Tages machen sie den Führerschein und fahren davon. Guten Abend auch. Ich bringe euch eine Probe meiner neuen Käsesorte. Ziegenkäse mit Koriander. Ich brauche ein paar Meinungen dazu.«

»Bleib doch auf einen Kaffee«, sagte Paula. »Ich wollte Lucy gerade meine Werkstatt zeigen. Hättest du etwas dagegen, Lucy, wenn wir es auf nachher verschieben?«

»Nicht meinetwegen«, sagte Corrigan. »Darf ich mitkommen?«

»Sicher«, sagte Paula. »Wenn es dich interessiert.«

»Tut es«, sagte er. »Schließlich besitze ich einen deiner Spiegel. Ich habe ihn vor zwei Jahren in Bantry House gekauft. Damals ahnte ich nicht, dass ›P. Simon‹ eines Tages meine Nachbarin sein würde.«

Paula lächelte. »Manchmal frage ich mich, wo meine

122

Spiegel landen. Ob sie ein gutes Heim finden. Welchen hast du?«

»Ein großes Quadrat«, sagte Corrigan. »Grobe, massive Stücke mit weißen Farbresten. Sehr sauber und fast nahtlos zusammengefügt. Drei rostige Krampen rechts unten. Links eine aufgeklebte zerzauste Möwenfeder.«

Lucy hörte nicht mehr zu. Paula hatte die grüne Tür zu dem kleinen Anbau geöffnet, der sich an das Haus lehnte. Vor einer langen Werkbank stand ein hoher Hocker. An der Wand dahinter hingen Werkzeuge – Sägen, Hämmer und Zangen. Ein schräg stehender Setzkasten mit unzähligen kleinen Fächern enthielt, fein nach Größen geordnet, neue glänzende Nägel und Schrauben und alte rostige Nägel und Eisenteile. Weiter gab es Federn in einem alten Marmeladenglas, Muscheln in einer großen, flachen Schale, Nixentränen auf einer Untertasse, Töpfe mit Leim. Und mindestens ein Dutzend Körbe und Holzkisten voller Treibholz. Lucy ließ ihre Hand darübergleiten. Glattes, rissiges und tief gerilltes Holz, ähnlich den Stücken, die sie heute gefunden hatten. Jedes mit einer eigenen Geschichte. An der rechten Wand hingen fertige Rahmen in verschiedenen Größen.

»An diesen arbeite ich gerade«, sagte Paula zu Corrigan.

Lucy sah sie an. »Der Spiegel in meinem Zimmer!«, rief sie. »Den hast du gemacht!«

Paula nickte. »Das war der erste, mit dem ich ganz zufrieden war. Es war auch der erste Spiegel, für den ich altes Glas verwendet habe.«

»Ich sehe mich darin wie durch einen Schleier«, sagte Lucy.

Paula öffnete einen tiefen Schrank mit vielen flachen Schubfächern. »Hier bewahre ich das alte Spiegelglas auf. Dieses ist fast blind.« Sie nahm ein längliches Stück Spiegelglas heraus.

Lucy spähte hinein. Sie erschien nur als ein geheimnisvoller Schatten.

»Hast du schon einen Rahmen dafür im Sinn?«, fragte Corrigan.

Paula deutete auf einen hohen, schmalen Rahmen aus breitem weißlichem Treibholz. Er lehnte an der Wand. Das Stück auf der rechten Seite ragte über den Rahmen hinaus und endete wie abgerissen in einem Dreizack. Sie schob das fast blinde Glas hinter den bleichen Rahmen.

Corrigan nickte.

»Das ist ein Geisterspiegel«, sagte Lucy. »Ein bisschen unheimlich, nicht? Wie im Nebel.«

»Ja, findest du?«, sagte Paula. »Das war so etwa, was mir vorschwebte. Ein Spiegel für die Nebelfrau.«

Lucy bewegte sich vor dem Spiegel. Sie sah wenig mehr als eine graue Gestalt. Ihre Haare waren ein rötlicher Schimmer.

Als Paula das Deckenlicht anschaltete, glitzerte es im

ganzen Spiegel und bei jeder Bewegung Lucys glitzerte und schimmerte das Spiegelwesen mit. Lucy stand still.

»Schön«, sagte sie. »Irgendwie. Aber ein richtiger Spiegel ist es nicht, oder? Weil man sich nicht wirklich sehen kann. Meinst du, das kauft jemand?«

Paula strich Lucy über die Haare. »Ich gehe davon aus«, sagte sie. »Nicht unbedingt als Spiegel, aber als Objekt. So wie ein Bild oder eine Skulptur, weißt du? Und in den meisten meiner Spiegel kann man sich ganz gut sehen.«

»Und die gehen alle an Bantry House?«, fragte Corrigan.

»Und an die Galerie von Eileen O'Mahony in Schull. In einem schwachen Moment versprach ich ihr neulich acht bis zehn Spiegel. Und nun erinnert sie mich fast täglich daran. Ausgerechnet jetzt, wo ich doch Zeit für Lucy haben will!«

Lucy krauste besorgt ihre Nase. »Nein, aber du musst die Spiegel fertig machen, Paula. Wenn die Galerie-Frau sie doch verkaufen will! Ist es denn noch viel Arbeit?«

Sie zeigte auf die Rahmen an der Wand. »Die sehen doch fast fertig aus.«

Paula fuhr sich mit den Fingern durchs Haar. Lucy mochte es, wenn ihre kurzen Haare so durcheinander gerieten, als sei ein Sturm durch sie gefahren.

»Na ja«, sagte Paula. »Die Rahmen sind fertig. Ich muss noch entscheiden, welches Spiegelglas das jeweils richtige ist, muss es schneiden und befestigen. Und dann der Rest. Manchmal füge ich noch etwas hinzu. Holz oder ein anderes Fundstück ...«

Sie kniff die Augen zusammen und trat zu einem großen, quadratischen Rahmen aus breiten, tiefen Pfosten.

Wie ein eckiges Bullauge sah er aus, dachte Lucy.

Paula griff in eine Schale, dann in eine andere und legte wie auf einen Fenstersims ein paar Teile darauf. Zarte weiße Korallen, eine perlmuttglänzende Muschel und zwei Nixentränen, weiß und türkis. Sie murmelte etwas Unverständliches und ersetzte die Muschel durch eine helle Flaumfeder. Paula nickte.

»So«, sagte sie. »Und hier ...« Sie nahm einen Rahmen von der Wand und legte ihn auf den Fußboden. Sie wühlte in einer Holzkiste voller rostiger Eisenfundstücke und wählte einige Teile aus. Die legte sie dicht an dicht auf das Holz.

Lucy zupfte an Corrigans Pullover und deutete auf die Tür. Er nickte. Sie schlichen sich hinaus.

»Ich weiß nicht, ob ich einen Kaffee machen kann, Niall«, sagte Lucy. »Ich glaube nicht. Vielleicht willst du einen Kakao?«

»Ein Kakao wäre auch gut«, sagte Corrigan.

Lucy nickte. Sie musste nur Wasser heiß machen in dem elektrischen Kessel. Das war einfach. Zwei Teelöffel Pulver in jeden Becher, einen Schuss Sahne hinein und ein paar Schokokrümel darüber.

Sie saß mit Corrigan auf dem Sofa und erzählte von ihrem Strandausflug, als Paula hereinkam.

»Entschuldigung«, rief Paula. »Ich habe euch ganz vergessen.«

»Das haben wir gemerkt«, sagte Corrigan.

»Ich habe Kakao gemacht«, sagte Lucy. »Willst du auch welchen, Paula?«

»Oh, gerne, Lucy. Das wäre wunderbar.«

Paula ließ sich in einen Sessel sinken.

Lucy ging in die Küche und stellte das Wasser wieder an. Vielleicht könnte sie demnächst lernen, wie man Kaffee kochte.

Sie öffnete den Deckel der Kakaodose. Es roch köstlich. Schokoladig, aber auch ein wenig bitter. Als sie den Teelöffel zum zweiten Mal in die Kakaodose senken wollte, geriet die Dose aus dem Gleichgewicht und kippte um. Braunes Pulver bedeckte den halben Tisch, rieselte auf den Fußboden, erhob sich in einer braunen Wolke.

»OOO NEIN!«, quietschte Lucy.

Paula stand in der Küchentür. »Lucy, was ist —«

Lucy legte den Teelöffel auf den Tisch. »Dein Kakao!«, rief sie. »Ich habe alles verschüttet. ALLES!«

Ihre Stimme kletterte immer höher. »Ich bin so ein Trampel«, quiekte sie.

Paula nahm Lucy fest in den Arm und schaukelte sie ein wenig hin und her. »Aber wie kommst du denn darauf, Maus? Ist es denn wirklich so schlimm? Das bisschen Pulver?«

»Aber ich wollte dir doch den Becher machen ... Und jetzt ist nichts mehr da ...« Sie starrte auf die braune Wüste auf dem Tisch. Wie viel Kakao in so einer Dose war!

»Ich sauge es später rasch weg«, sagte Paula.

Winnetou schnüffelte auf dem Fußboden herum und musste mehrmals niesen. Lucy lächelte schwach.

»Weißt du, was mir jetzt wirklich gut tun würde?«, sagte Paula. »Ein starker Tee, bevor ich wieder in die Werkstatt gehe.«

Sie drehte Lucy an den Schultern herum.

»In der roten Dose da oben sind Teebeutel. Sprudelnd kochendes Wasser darüber. Drei Minuten ziehen lassen. Ein Schuss Milch. Zwei Teelöffel Zucker. Wärst du so lieb?«

Lucy nickte. Teebeutel. Kochendes Wasser. Küchenwecker auf drei Minuten.

Corrigan hatte Lucys Becher mit einem Untersetzer abgedeckt, damit der Kakao nicht auskühlte.

Paula nahm einen Schluck Tee und nickte Lucy zu.

»Sehr gut, Lucy. Genau richtig. Stark und belebend.«

»Ich habe ihr einen Tee gemacht«, sagte Lucy zu Corrigan, »weil ich den ganzen Kakao verschüttet habe.«

»Frustrierend«, sagte Corrigan.

»Die ganze Dose«, sagte Lucy. »Alles!«

»Solche Tage gibt es«, sagte Corrigan. Er hielt den Zeigefinger seiner linken Hand hoch. Die Spitze war dunkelblau und rot verfärbt.

»Uh!«, machte Lucy. »Das muss wehgetan haben!«

»Ja«, sagte Corrigan. »Sehr weh. Meinem Finger und meinem Stolz. Ich habe mich bisher immer für einen Mann gehalten, der mit Hammer und Nagel umgehen kann. Es war so ungeschickt. Ich habe mich fürchterlich über mich geärgert.«

Lucy nickte. Das konnte sie verstehen.

Paula kuschelte sich tiefer in den Sessel. Sie hielt den Becher mit beiden Händen auf ihren angezogenen Knien.

»Das erinnert mich an die Feier zum fünfzigsten Geburtstag meines ehemaligen Chefs, des Bankdirektors«, sagte sie. »Da habe ich so ein Sahnespritzgerät falsch angefasst. Statt auf meinem Tortenstück landete eine riesige Sahnewolke auf seiner Hose. Ich wurde rot wie eine Tomate und wäre am liebsten in einer Fußbodenritze verschwunden.«

»Hmm!«, sagte Lucy. Das musste unglaublich peinlich gewesen sein. Aber auch lustig irgendwie.

Sie lachte. »All die Sahne! Und du –«

»Machst du dich etwa über mich lustig, Lucy?«

»Ich? Nein ... na ja, vielleicht ein bisschen?«

»Meine eigene Nichte!«, sagte Paula zu Corrigan.

»Die Jugend von heute.« Er schüttelte den Kopf.

»Na warte.« Paula stellte ihren Becher ab und stürzte auf Lucy zu.

Mit einem schrillen Schrei sprang Lucy vom Sofa auf und floh in die Küche. Lachend und quietschend ließ sie sich zweimal um den Esstisch jagen. Sie entkam quer durchs Wohnzimmer rennend durch die Haustür, gefolgt von Paula. Sie umkreisten das Haus. Paula war ihr hart auf den Fersen, aber Lucy rannte ungehindert zurück ins Haus und warf sich japsend neben Corrigan aufs Sofa. Paula ließ sich in den Sessel fallen.

Corrigan stand auf. »Wenn die Gastgeberinnen aus dem Haus rennen, ist es für den Gast wohl Zeit zu gehen. Danke für den Kakao, Lucy. Er war ausgezeichnet.«

Lucy und Paula waren noch ganz außer Atem. Sie winkten ihm stumm hinterher.

Den Abend verbrachten sie in der Werkstatt. Paula sägte, hämmerte und leimte zwei neue Rahmen zusammen. Lucy dämpfte mit dem kleinen Reisebügeleisen vorsichtig die Teile für die Puppendecke und begann sie aneinander zu nähen.

»Ich hätte mehr Wolle mitbringen sollen«, sagte sie. »Ich bekomme Lust auf eine neue Decke.«

»Wenn das Auto zurück ist, können wir in Bantry oder Schull Wolle kaufen«, sagte Paula. »Hast du etwas Bestimmtes im Sinn?«

»Nein«, sagte Lucy. »Eine große Decke, glaube ich. Aber die Farben – ich weiß noch nicht.«

Am nächsten Tag wanderte Lucy mit ihren neuen Freunden zu dem verlassenen Haus. Paula gab ihnen einen Korb mit belegten Broten und einer Thermoskanne Tee mit. Der Himmel war mit grauen Wolken verhangen. Es wehte ein warmer Wind aus Südwest.

Martin trug den Picknickkorb und ging voran. Winnetou lief dicht neben ihm.

»Sie freuen sich, wieder zusammen zu sein, nicht?«, sagte Lucy zu Grania.

»Ja, natürlich. Sie sind die besten Freunde.«

Sie wanderten in die Hügel. Als sie durch mooriges Gelände kamen, schmatzte die feuchte, weiche Erde bei jedem Schritt. Lucy war froh, als sie höher stiegen und der Boden wieder mit Felsen und hartem Gras bedeckt war.

Das verlassene Haus schmiegte sich in eine Mulde. Zu Lucys Erstaunen hatte es ein Dach und Glas in den Fenstern.

»Es sieht gar nicht verlassen aus«, sagte sie. »Ich dachte, es sei eine Ruine!«

»Nein«, sagte Grania. »Keine Ruine. Aber verlassen ist es seit 1941.«

»So lange! Wirklich? Wisst ihr, wer da gewohnt hat?«

»Das ist das Haus von Paddy Malone«, antwortete Grania. »Er war der beste Tänzer im Umkreis von zwanzig Meilen, sagt meine Großmutter. Seine Frau Bridie starb bei der Geburt des Babys und das arme kleine Baby starb auch. Und da hat er nach der Beerdigung die Haustür abgeschlossen und ist nach Amerika gegangen.«

»Und ist nie mehr zurückgekehrt«, sagte Martin.

Sie kletterten über eine niedrige Steinmauer. Lucy guckte durch ein trübes Fenster in das halbdunkle Haus.

»Da sind ja noch Möbel drin«, sagte sie. »Und ein Kessel auf dem Ofen. Und ein Becher auf dem Tisch.« Sie rieb mit ihrem Pulloverärmel über die Scheibe.

»Das nützt nichts«, sagte Grania, »da hängen innen Spinnenweben davor.«

»Woher weißt du das? Warst du mal drin?«

»Nein, da darf niemand hinein. Nur mein Vater hat einen Schlüssel und guckt ab und zu nach, ob alles in Ordnung ist. Früher hat mein Großvater das gemacht. Und wenn das Dach leck ist oder ein Fenster, dann repariert er es und schickt Paddy die Rechnung.«

»Nein«, sagte Lucy. »Er lebt noch?«

»Na klar«, sagte Grania. »In der Nähe von Boston. Und eines Tages will er zurückkommen. Aber Ma meint, er wird nur zurückkommen, um seinen Frieden neben seiner Frau und seinem Kind zu finden.«

»Auf dem Friedhof«, erklärte sie, als Lucy sie fragend ansah.

Der Garten war verwildert. Inmitten hoher Farne und weiß blühenden Wiesenschaumkrauts stand ein Apfelbaum.

»Paula sagt, er trägt die besten Äpfel«, sagte Lucy.

»Wir pflücken ihr welche«, meinte Grania. »Aber erst essen wir.«

Sie setzten sich auf die Mauer und machten sich über die belegten Brote her. Lucy nahm das mit Corrigans

Käse und grünem Salat. Grania konnte gar nicht schnell genug in ihr Brot mit Erdnussbutter und Brombeergelee beißen. Für Martin und Winnetou waren zwei Thunfisch-Majonäse-Brote im Korb. Sie tranken reihum heißen, süßen Tee aus einem Plastikbecher. Die Sonne schien. Der Wind ließ die Blätter rauschen. Bienen summten. Weiße Wolken schoben sich über die Bergkuppe hinter ihnen und zogen gemächlich weiter. Lucy reckte beide Arme in die Luft und seufzte.

»Was ist?«, fragte Grania.

»Es ist schön«, sagte Lucy. »So schön.«

»Ich fange schon mal mit den Äpfeln an«, sagte Martin und stand auf. »Es wird Regen geben.«

»Glaube ich nicht«, sagte Lucy zu Grania. »Du?«

Grania nickte: »Martin kennt sich aus. Er ist sehr klug.«

Martin war in den Baum geklettert und warf ihnen die Äpfel zu. Ein paar verloren sich im Unkraut, einer fiel Grania auf den Kopf. Die anderen legten sie in den Picknickkorb. Martin kletterte immer höher, wagte sich weiter und weiter auf die Äste vor.

»Pass auf«, rief Lucy. »Nicht, dass du auch im Unkraut verschwindest.«

»Martin ist sehr mutig, nicht?«, sagte Grania. »Aber er ist auch vorsichtig. Außer einmal vielleicht. Da hat er sich beim Klettern in den Felsen ein Bein gebrochen.«

Lucy starrte besorgt auf Martins Beine, die das Einzige waren, was sie durch die Blätter von ihm sehen konnte.

»Er war so tapfer«, sagte Grania. »Ich werde ihn heiraten.«

»WAS?« Lucy fuhr zu Grania herum und verpasste den nächsten Apfel. »Wann?«

»Na, wenn wir groß sind. Was dachtest du denn?«

Lucy schüttelte den Kopf. »Ich war nur überrascht. Du hast das gesagt, als wüsstest du es ganz genau.«

»Weiß ich auch.«

»Ja, aber – weiß Martin das auch?«

Grania zuckte mit den Schultern. »Ist ja noch Zeit.«

Auf dem Rückweg gingen sie durchs Dorf. Lucy wollte es endlich einmal sehen. Außerdem musste sie eine Ansichtskarte für Kora kaufen.

»Ballydooneen ist nicht sehr groß«, stellte sie fest, als sie vor dem einzigen Laden des Ortes standen. Der Laden war gleichzeitig die Post und hatte grüne Fensterrahmen. Lucy bewunderte das Oberlicht aus farbigem Glas über der Eingangstür, auf dem rote Fuchsienblüten dargestellt waren.

Die Kneipe rechts vom Laden war lila gestrichen und hieß »Mickey Finn's Pub«. Neben ein paar niedrigen weißen Wohnhäusern gab es ein kleines Hotel. Gegenüber stand die Schule.

»Da, hinter dem dritten Fenster sitze ich«, sagte Grania. »Martin muss nach den Ferien mit dem

134

Schulbus zur höheren Schule in die Stadt fahren. Schade.«

In Mrs O'Driscolls Laden suchte Lucy eine Ansichtskarte aus, auf der ein altes Cottage und große blühende Fuchsienhecken zu sehen waren. Dazu ließ sie sich eine mittelgroße braune Tüte mit Bonbons füllen. Sie wählte schwarz-weiß gestreifte und Zitronenbonbons, weiche Pfefferminztaler und Weingummis.

Mrs O'Driscoll war eine ältere rundliche Frau mit grauen Locken und Apfelbäckchen. Sie guckte recht streng und redete so schnell, dass Lucy Mühe hatte, ihr Englisch zu verstehen.

»Ich finde Ihr Fuchsien-Fenster sehr schön«, sagte Lucy.

»So? Es soll wohl schön sein. Hat eine Menge Geld gekostet.«

»Ach so«, sagte Lucy und beeilte sich mit dem Bezahlen.

»Mach dir nichts draus, sie ist immer so, wenn ihr Sohn aus Australien lange nicht geschrieben hat«, sagte Grania, als sie Bonbons lutschend die Straße entlanggingen.

Martin hatte ein paar Freunde getroffen und war mit ihnen auf den Schulhof gegangen, um Fußball zu spielen. Winnetou saß auf der Mauer und sah zu.

Hinter ihnen hupte ein Auto. Die Mädchen drehten sich um.

»Ach, das ist Sean Sheehy mit der Post«, sagte Grania.

Das grüne Auto hielt neben ihnen. Der Postbote kurbelte das Fenster hinunter.

»Schöner Tag heute«, sagte er. »Hier, ich habe Post für dich.« Er reichte Lucy eine Ansichtskarte.

»Für mich?«, rief Lucy.

»Ah, Palmen«, sagte Grania. »Bestimmt von ihrer Mutter. Die ist nämlich in Südafrika.«

»Nein, sie ist von Kora«, sagte Lucy. »Von meiner besten Freundin. Sie macht Urlaub in Italien. Ist das nicht toll? Ich wollte ihr heute auch schreiben. In Italien regnet es.«

Viel Regen – Eis o. k. – Muskelkater vom Trommeln – Viele Grüße, deine Kora, hatte Kora geschrieben. Lucy lächelte.

»Aber woher wussten Sie, dass die Karte für mich ist?«, fragte sie Sean Sheehy.

»Na, steht doch drauf«, sagte er.

»Ja, aber woher wussten Sie, dass ich das bin, Mister Sheehy? Hier auf der Straße?«

»Ach so. Na, wegen deiner Haare.«

»Warum?«

»Jemand sagte, Paulas Nichte hat Haare, die leuchten wie ein frisch geputzter Kupferkessel. Da dachte ich, das wird sie sein.«

»Oh!«, machte Lucy. »Huch«, rief sie. Schwere Regentropfen fielen.

»Springt rein, Mädchen«, sagte der Postbote. »Ich bin auf dem Weg zu eurem Hof, Grania. Tut bitte so, als

wäret ihr Pakete. Passagiere darf ich nämlich nicht mitnehmen.«

Am nächsten Morgen wurden Lucy und Paula beim
Frühstücken von einem dreifachen Hupen unterbrochen.

»Endlich!«, rief Paula und lief hinaus. Frau Schmidt
unterbrach ihre Bauchwäsche nur kurz. Lucy und Winnetou waren neugieriger und folgten Paula. Die Werkstatt hatte Paulas Sunbeam zurückgebracht. Es war ein
geräumiges graues Auto mit eleganten Kurven und alt-
modischen Scheinwerfern.

»Wie aus einem alten Film«, sagte Lucy.

»Ja, genau«, sagte Paula. »Schon immer wollte ich ein
Auto wie aus einem alten Film haben. Und als ein alter
Colonel aus Castletownshend ihn zum Verkauf anbot,
habe ich zugegriffen. Er fährt gut. Nur die Reparaturen
sind manchmal etwas schwierig.«

Paula bezahlte die Automechaniker, die auf einem
Motorrad zurückfuhren.

Lucy setzte sich auf den Rücksitz des Sunbeam. Sie
sank in tiefe, bequeme Polster.

»Jetzt bin ich Lady Lucy«, rief sie und winkte Paula
huldvoll zu. »Wo ist mein Chauffeur? Wo ist mein Butler? Wo ist meine Perlenkette? Wo bleibt der Tee?«

»Lady Lucy, soso. Tja, der Butler ist bedauerlicher-
weise mit der Perlenkette und dem Stubenmädchen
durchgebrannt. Aber ich bin ein ganz guter Chauffeur.

Was hält Mylady von einem Ausflug nach Schull? Wo es auch Tee gibt und den besten Käsekuchen der Welt?«

»Au ja!«, rief Lady Lucy.

Um besser sehen zu können, war Lucy auf den Beifahrersitz gewechselt. Winnetou hatte sich auf dem Rücksitz ausgestreckt. Er kannte die Gegend.

Die Straße führte ein Stück am Meer entlang, bevor sie schmaler wurde und einen Berg hochstieg. Auf den Weiden lagen Schafe in der Sonne. Manche hatten einen hellblauen Farbfleck auf dem Rücken, andere einen in Rot.

»So unterscheiden die Besitzer, welches Schaf wem gehört«, erklärte Paula. Bald versperrten hohe Fuchsienhecken die Aussicht zu beiden Seiten.

Paula fuhr langsam. »Denn man weiß nie, ob nicht hinter der nächsten Biegung ein Schaf auf der Straße steht.«

Als sie fast oben angelangt waren, endeten die Hecken. Lucy erhaschte einen Blick auf ein weites Tal, gefleckt von Wiesen, Feldern, Weiden, die von Hecken eingefasst waren.

»Halt!«, schrie Lucy. »Halt an.«

Paula trat auf die Bremse. »Was ist denn? Habe ich ein Schaf übersehen? Oder musst du mal verschwinden?«

»Nein. Ich muss mal gucken. Hast du nicht gesehen ...?« Lucy öffnete die Autotür und stieg aus. Sie stellte sich an den Straßenrand und blickte hinab. Sie konnte sich gar nicht satt sehen.

Paula trat neben sie. »Was hast du Wichtiges entdeckt?«

Lucy machte eine ausladende Armbewegung. »Sieh doch! Ist das nicht wundervoll?«

»Ja, ganz schön, aber...«

»Ganz schön? Guck mal richtig hin, das Tal sieht aus wie –«

»Wie eine Patchworkdecke«, sagte Paula langsam. Unregelmäßige Rechtecke in Hellgrün, Dunkelgrün, Grünbraun, Gelbgrün – so viele Grüns! Lucys Herz schlug ihr bis zum Hals. Daraus eine Decke machen – ganz in Grün, mit verschiedenen Formen und verschiedenen Mustern – mit Kreuzreihen, Noppen, einem schmalen Rippenmuster und Muschelreihen.

»Gut, dass ich mein Musterheft mitgebracht habe.«

»Dein Musterheft?«

»Ja, da habe ich alle Muster reingeschrieben, die ich kenne. Gänseblümchenmuster! Das wäre auch etwas.«

»Wofür?«

»Für die Decke. Ich will eine Decke machen. Eine irische Decke, die so aussieht wie dieses Tal. Hast du ein Stück Papier, Paula?«

Lucy machte auf die Rückseite der Straßenkarte eine Skizze. »Sonst nehme ich ja immer gleich große Quadrate. Ich weiß nicht, ob ich so etwas kann. Aber es müsste doch gehen, oder?«

Sie fuhren weiter. Als sie auf dem Pass ankamen, hatten sie einen weiten Blick auf eine große Bucht und auf das Städtchen Schull. Lucy war mit ihren Gedanken woanders.

»Können wir dort Wolle kaufen? Gibt es einen Woll-Laden oder ein Handarbeitsgeschäft?«

Nichts dergleichen gab es! Der Ort sank sofort in Lucys Ansehen, obwohl ihr die Einkaufsstraße mit den bunten Häusern und vielen kleinen Geschäften gefiel. Die Straße war von Autos und Passanten verstopft wie in der schlimmsten Großstadt. Und der Käsekuchen in dem Café am Ende des Ortes war bestimmt der beste der Welt.

In der Galerie, die Paulas Spiegel ausstellte, kaufte Lucy einen silbergrauen, handgewebten Leinenschal. »Als Mitbringsel für Mami. Ich glaube, der wird ihr gefallen.«

Paulas Spiegel waren alle verkauft worden. Sie versprach bald neue zu bringen.

Aber es gab kein Wollgeschäft.

In einem Laden, der von Kinderkleidung über Regenmäntel bis zu Flanellnachthemden alles Mögliche verkaufte, gab es zwar Wolle, doch eine große Auswahl hatte er nicht.

Aus einer Tonne fischte Lucy dunkelgraue Wolle: »Für Socken«. Weiße weiche Wolle: »Für Babyjäckchen«. Und dicke helle Wolle: »Für dicke Pullover«.

»Grüne Wolle?«, sagte die Verkäuferin. »Nein, grüne

Wolle haben wir nicht. Ich könnte Ihnen Wolle bestellen. Hier, aus diesem Katalog. Es dauert so drei bis vier Wochen.«

»Nein, danke, das ist zu lange«, sagte Paula. »Und Sie wissen nicht vielleicht einen anderen Laden in der Nähe, der eine gewisse Auswahl hat?«

Die Verkäuferin schüttelte den Kopf. »Vielleicht in Skibbereen oder in Bantry? Oder, warten Sie. Da gibt es eine Frau, hinter Ballydehob, die Wolle verkauft. Sie spinnt und färbt sie selber, habe ich gehört. Vielleicht versuchen Sie es da einmal.«

Sie fuhren nach Ballydehob. Paula fragte an der Tankstelle nach dem Weg zur »Wolle färbenden Frau«.

»Oh, Sie wollen zu Kathleen Moore«, sagte der Tankwart. »Da fahren Sie geradeaus, über die Brücke, dann an der dritten Abzweigung links ab. An der Eiche, in die der Blitz eingeschlagen hat, geht es rechts rein, dann den zweiten Weg links und noch etwa eine Meile geradeaus. Sie können es nicht verfehlen.«

»Hoffen wir's«, sagte Paula. »Vielen Dank.«

Lucy war aufgeregt. Würde sie ihre Wolle bekommen?

»Die Eiche! Paula, sieh doch! Das muss die Eiche sein.«

Paula nickte und bog rechts ab. Der Weg war holprig und eng und wand sich durch raues Grasland. Noch eine Biegung, dann standen sie vor einem himbeerroten Bauernhaus.

Paula hupte zweimal. Rechts um die Hausecke kam ein kleines schwarzes Schwein. Es blieb stehen und schaute sie an. Winnetou bellte aus dem Auto. Aus der Haustür trat eine ältere Frau. Sie winkte und kam auf sie zu. Ihre grauen Haare waren ganz kurz geschnitten. Sie trug Leggings und einen langen grauen Pullover.

»Guten Tag«, sagte sie. »Kann ich Ihnen helfen?«

»Kathleen Moore?«, fragte Paula. »Guten Tag. Ich bin Paula Simon. Dies ist meine Nichte Lucy und sie sucht dringend Wolle. Grüne Wolle. In Schull meinte man, Sie könnten ihr helfen.«

»Wahrscheinlich kann ich das«, lächelte die Frau. »Und, hast du ein bestimmtes Grün im Sinn, Lucy?«

»Nein«, sagte Lucy. »Ich meine, ich möchte nicht nur ein Grün. Ich brauche ganz viele verschiedene Grüns.«

Das kleine schwarze Schwein war näher getrottet und schnüffelte an Lucys Schuh.

»Und wie viele Grünschattierungen brauchst du, Lucy? Und wie viel von jeder Sorte? Und – wenn ich neugierig sein darf – wofür brauchst du die Wolle?«

»Ich will eine Decke stricken, eine Patchworkdecke, die aussieht wie die Felder und Wiesen in einem Tal. Haben Sie denn viel in Grün? Am liebsten hätte ich – zwölf verschiedene Farben. Oder fünfzehn. Jedenfalls möglichst viele.«

Kathleen Moore sagte: »Es gibt ein Lied, in dem von vierzig verschiedenen Grüntönen die Rede ist, die es in Irland gibt: ›The forty shades of green‹. So viele habe

142

ich nicht. Aber ich glaube, ein gutes Dutzend müssten es sein.«

Sie führte Lucy und Paula ins Haus, in einen Raum mit einem großen Tisch in der Mitte. An den Wänden standen hohe Regale, in denen die Wolle lag. Sie war nach Farben geordnet, von Weiß über Gelb und Rot nach Braun, Grün, Blau, Grau und Schwarz. Wie ein Regenbogen. Lucy kam es vor, als befände sie sich in ihrer Wollschublade zu Hause. Sie ging langsam an den Regalen entlang. Es gab kräftige Färbungen und viele Zwischentöne. Leuchtend, doch nicht grell. Sie drehte sich um.

»Die Farben sind – anders!«

»Ich färbe nur mit Pflanzenfarben. Zum Teil nach alten, irischen Rezepten. Brennnessel, Ginster oder Heidekraut ergeben sehr schöne Grüntöne. Auch Holunderblätter. Und Birnenlaub.«

Lucy hatte nicht gewusst, dass man mit Pflanzen färben konnte. Im Woll-Laden zu Hause gab es so etwas nicht. Ihr wurde fast schlecht bei dem Gedanken, was ihr da beinahe entgangen wäre. Sie näherte sich dem Grün-Regal. Auf den ersten Blick sah sie, dass sie hier alle ihre Grüntöne gefunden hatte.

Lucy zog einen Wollstrang nach dem anderen heraus. Hell- und Dunkelgrün, Graugrün und Oliv, ein dunkles Blaugrün, Moosgrün, Boskop-Apfelgrün, Grünbraun und ein gelbliches Grün. Sie legte alles auf den Tisch und betrachtete es einen Augenblick Sie drehte sich noch einmal um, und ehe man sich's versah, lag ein leuchtendes Rot auf dem Tisch.

»Irischrot«, murmelte Lucy und zwinkerte ihrer Tante zu.

Paula lachte.

Lucy war glücklich. Sie plante ihre Decke. Da sie die Decke diesmal aus unterschiedlich großen Rechtecken zusammensetzen wollte, musste sie die Größe der einzelnen Stücke vorher genau festlegen. Auch welche Farben wohin sollten, musste sie entscheiden. Sie bedeckte Bogen um Bogen von Paulas Schreibmaschinenpapier mit Entwürfen. Sie radierte. Sie rechnete. Sie raufte sich die Haare.

Eines Nachts träumte sie von der fertigen Decke. Sie war so schön und sah so echt aus, dass kleine Kühe und Schafe darauf weideten und auch das schwarze Schwein.

Abends kam Corrigan vorbei und machte ihr den Vorschlag, den Umriss der Decke mit Kreide auf den Wohnzimmerteppich aufzuzeichnen.

»Gute Idee!«, rief Lucy. »Paula, darf ich?«

Paula nickte. Sie blieb in ihrem Sessel sitzen, Frau Schmidt auf dem Schoß, trank ein Glas Wein und las die Zeitung.

Corrigan und Lucy krochen auf dem Teppich umher. Sie füllten den Kreideumriss mit ganzen, halben und geviertelten Blättern des Schreibmaschinenpapiers.

Lucy stellte sich aufs Sofa, um einen guten Überblick zu haben, und befahl Corrigan einige Änderungen in der Verteilung.

Corrigan half ihr den Plan auf ein kariertes Blatt zu übertragen. Lucy schnitt von jedem Strang Wolle ein paar Zentimeter ab und legte sie auf das Papier, um die Farbverteilung zu planen. Sie schob die Fäden von hier nach dort und dort nach hier. Es war fast Mitternacht, als sie endlich zufrieden war.

Am nächsten Morgen saß sie lange vor dem Frühstück im Fenstersitz und strickte am ersten Stück ihrer Decke.

Von da an strickte sie vor jedem Frühstück in ihrem Zimmer. Sie strickte, wenn sie Paula in der Werkstatt Gesellschaft leistete. Sogar wenn sie mit Grania, Martin und Winnetou wandern ging, hatte sie Wolle und Nadeln im Picknickkorb. Am schönsten fand sie es, wenn sie abends strickend auf dem Sofa saß und den Gesprächen zwischen Paula und Corrigan lauschen konnte.

Lucy konnte sogar zwei neue Strickmuster in ihr Musterheft schreiben. Granias Mutter hatte ihr ein Kleeblattmuster gezeigt. Und als Lucy wieder einmal bei Mrs O'Driscoll eine Tüte mit Bonbons füllen ließ, sagte Mrs O'Driscoll: »Ich habe gehört, du sammelst Strickmuster für eine Decke. Ich gebe dir auch eins.«

Und bevor Lucy etwas sagen konnte, malte Mrs O'Driscoll ein knubbeliges Muster auf eine Bonbontüte. Darunter schrieb sie auf, in welcher Reihe wie viele rechte und wie viele linke Maschen gestrickt werden mussten. »Verstehst du das, Mädchen?«

Lucy nickte.

»Es ist ein Beerenmuster, siehst du das?«

»Ja«, sagte Lucy. »Vielen Dank auch.«

Das Muster würde auf jeden Fall gut in ihre Decke passen. Sie klebte die Vorderseite der Tüte in ihr Musterheft. Darüber schrieb sie »Mrs O'Driscolls Beerenmuster«.

Lucy lernte Kaffee kochen und übte sich in Apfelpfannkuchen. Als ihr mal ein Ei auf den Boden fiel und zerbrach, blieb sie ruhig und hob die Schale auf. Frau Schmidt sprang vom Küchenstuhl und kam neugierig herbei. Sie schlabberte das Eigelb auf wie eine Delikatesse.

»Wusstest du, dass Frau Schmidt Eigelb liebt, Paula?«

»Nein, ich hatte keine Ahnung.«

»Wir sollten ihr ab und zu ein Eigelb geben, findest du nicht? Ist es nicht gut, dass ich das Ei fallen ließ und wir es herausgefunden haben?«

»Hervorragend«, sagte Paula und lächelte.

Der Stapel mit fertigen Wollstücken wuchs. Manchmal legte Lucy sie auf dem Fußboden aus. Dann konnte man sich die fertige Decke schon ganz gut vorstellen.

»Wunderschön«, hatte Paula gesagt und sie umarmt.

Grania meinte: »Ich glaube, die wird unglaublich schön.«

Auch Martin gefiel, was er sah. »Wirklich gut«, nickte er, nachdem er einen langen Blick darauf geworfen hatte.

Eines Tages, am Strand, sagte Grania: »Ich glaube, ich muss zum Augenarzt.«

Lucy war aufgefallen, dass Grania ihre Augen mehrmals gerieben, sie zusammengekniffen und wieder aufgerissen hatte.

»Was ist denn? Tun sie weh?«

»Nein«, sagte Grania, »das nicht. Aber irgendetwas ist nicht in Ordnung. Die Farben, glaube ich. Es ist ganz blöd, aber deine Haare sehe ich viel blasser. Vielleicht werde ich farbenblind?«

Lucy ließ ihr Strickzeug sinken.

»Nein, deine Augen sind ganz in Ordnung«, sagte sie und wurde rot. »Ich habe sie gefärbt und die Farbe geht langsam raus. Ich habe es noch gar nicht gemerkt.«

Grania riss ihre Augen wieder auf. »Gefärbt? Warum denn? Wie sehen deine Haare sonst aus? Wirst du sie wieder färben?«

Lucy schüttelte den Kopf und erzählte Grania, wie es zu ihren irischroten Haaren gekommen war. Sie lachten beide darüber. Aber Lucy fühlte sich auch ein bisschen traurig. Was hatte Stefan, Mamis Friseur, gesagt? Die Farbe wäscht sich langsam raus. Nach den Ferien würde sie viel blasser sein.

Das Rot fing an sich zu verändern.

Lucy rechnete nach. Die Hälfte ihrer Ferien war vorüber!

Am nächsten Tag gingen Lucy und Grania nach Ballydooneen, um Martin zu treffen. Er hatte mit anderen Jungen auf dem Schulhof Fußball gespielt. Grania holte bei Mrs O'Driscoll eine Tüte gemischte Bonbons. Auf der Bank vor dem Laden warteten sie auf Martin. Er schoss den Ball über die Schulhofmauer, sprang hinterher und dribbelte ihn dann die Straße entlang. Winnetou folgte ihm schwanzwedelnd.

Martin winkte. »Heh, Grania, fang«, rief er und versetzte dem Ball einen Tritt.

Grania warf die Bonbontüte in Lucys Schoß und sprang auf.

Ihre Fingerspitzen streiften den Ball, aber sie konnte ihn nicht halten. Der Fußball setzte seinen Flug fort und landete genau in dem Fuchsienfenster über Mrs O'Driscolls Ladentür.

Der Ball fiel herab und rollte zur Seite. Das Glas klirrte und zersprang. Vor der Ladentür lag ein bunter Scherbenhaufen und blinkte in der Sonne. Martin stand unbeweglich auf der Straße. Grania legte eine Hand auf den Mund. Lucy schloss die Augen.

Als Lucy sie wieder öffnete, stand Mrs O'Driscoll in der Tür, ihre Arme in die Seiten gestemmt. »Nun, Martin Hesse, was hast du dazu zu sagen?«

Martin kam näher. »Es tut mir sehr Leid, Mrs O'Driscoll. Wirklich. Es … es war keine Absicht …«

»Das will ich auch hoffen! Das wäre ja noch schöner. Aber das Fenster ist hin. Und du weißt, was das bedeutet.«

Martin sah sie an.

»Das Fenster hat mich hundertachtzig Pfund gekostet. Ich werde gleich ein neues bestellen. Sag deinem Vater, ich erwarte seinen Scheck über hundertachtzig Pfund.«

Martin wurde mit einem Mal so blass, dass Lucy einen Schreck bekam.

»Mrs O'Driscoll«, sagte er mit einer merkwürdigen Stimme. »Bitte … sagen Sie nichts zu meinem Vater –«

»Unsinn, Junge. Wie soll ich sonst an mein Geld kommen? Wenn du etwas kaputtmachst, muss er dafür zahlen. So ist es.« Sie ging zurück in den Laden.

»Martin«, sagte Grania leise.

Er schüttelte den Kopf und wandte sich ab. Mit gesenktem Kopf und hängenden Schultern ging er zurück zur Schule. Winnetou ging dicht neben ihm. Grania seufzte.

»Was ist mit ihm?«, fragte Lucy.

»Sein Vater«, sagte Grania. »Er hat Angst, was passieren wird, wenn sein Vater davon erfährt. Er kann in solch schreckliche Wut geraten. Und dann …«

Lucy zitterte. »Was können wir tun?«

Grania zog ihre Augenbrauen zusammen. »Komm mit.«

Sie betraten den Laden.

»Mrs O'Driscoll«, sagte Grania. »Sagen Sie nichts zu Martins Vater! Sie wissen, wie er ist. Bitte! Wir besorgen das Geld.«

»Woher willst du so viel Geld bekommen, Grania O'Sullivan?«

»Ich weiß noch nicht«, sagte Grania. »Aber wenn Sie uns etwas Zeit geben, acht Wochen, vielleicht ...«

»Na gut«, sagte Mrs O'Driscoll. »Ein Unmensch bin ich nicht. Zwei Wochen. Aber dann sage ich es seinem Vater.«

Sie fanden Martin und Winnetou auf der Wiese hinter der Schule.

»Martin«, rief Grania. »Sie sagt ihm noch nichts! Wir haben zwei Wochen Zeit, um das Geld zu bezahlen.«

Martin sah erleichtert aus. Er atmete tief durch.

»Oh«, sagte er. »Gut. Danke. Aber in zwei Wochen – da ist es wieder das Gleiche, oder? Woher soll ich so viel Geld kriegen?«

»Wir müssen es versuchen«, rief Grania und stieß ihn an. »Komm. Wir machen einen Plan. Wir fangen sofort an. Los, setzt euch. Gib mir die Bonbons, Lucy. Mir ist ein bisschen schlecht.«

»Mir auch«, sagte Lucy und steckte sich ein Bananenbonbon in den Mund.

»Also«, sagte Grania kauend, »wie viel Geld haben wir?«

»Ich hab nichts dabei«, sagte Martin. »In meiner Spardose zu Hause ... ich weiß nicht. Dreißig Pfund vielleicht.«

Grania wühlte sich durch ihre Hosentaschen und legte ein paar Münzen in Martins Hände. »Da. Wie viel ist das?«

»Achtundsiebzig Pence nur«, sagte Martin.

»Na also«, sagte Grania. »Schon fast ein Pfund. Und mein Sparschwein ist ziemlich schwer.«

Lucy zählte das Geld in ihrer kleinen blauen Nappalederbörse.

»Drei Pfund, zweiundsechzig Pence«, sagte sie. »Wenn ich die Bonbons heute nicht gekauft hätte, wären es neunzig Pence mehr. Wir können die restlichen Bonbons wohl nicht zurückbringen?«

Grania hörte auf zu kauen und überlegte. »Nein«, sagte sie.

Lucy sagte: »Von meinem Ferientaschengeld habe ich noch fast alles. Ach nein, ich habe Mami ja den Schal gekauft! Dann sind es noch zwanzig Pfund oder so.«

»Aber –«, sagte Martin.

»Doch«, unterbrach Grania. »Schließlich sind wir Freunde. Freunde helfen einander.«

»Es wird nicht reichen«, sagte Martin.

»Ach Martin«, rief Grania. »Wir müssen uns etwas überlegen. Wir haben ja noch gar nicht angefangen. Wir denken jetzt nach.«

Martin legte einen Arm um Winnetou und starrte ins Gras. Grania ließ sich auf den Rücken fallen und blinzelte in den blauen Himmel.

Lucy fischte ein weiches Pfefferminzbonbon aus der Tüte und steckte es in den Mund. Ob sie den Schal zurückgeben könnte? Mami hatte so viele Tücher und Schals. Er hatte fast fünfundzwanzig Pfund gekostet. Sie würde es beim nächsten Besuch in Schull versuchen. Sie würde es jetzt noch nicht erwähnen.

»Ich könnte Paula fragen«, sagte sie. »Sie würde helfen.«

»Nein«, sagte Martin.

»Aber Martin, ganz bestimmt würde sie das!«

»Ja, ich weiß«, sagte Martin. »Aber ich will es nicht. Sag ihr nichts von dem Fenster. Und nichts von dem Geld.«

»Warum denn nicht?«

Martin zuckte mit den Schultern.

»Du musst es mir schon sagen«, rief Lucy. »Ich verstehe es nicht. Ich denke, du magst sie?«

Martin nickte. Er sah Lucy kurz an.

»Aber sie nimmt schon Winnetou, wenn ... wenn mein Vater zu Hause ist. Und sie hat den Tierarzt bezahlt, damals, als Winnetou verletzt war. Aber das ist etwas anderes. Sag ihr nichts. Wenn ich – wenn wir das Geld nicht zusammenkriegen, muss mein Vater es bezahlen. Mrs O'Driscoll hat Recht.«

Lucy sah Grania fragend an.

Die zuckte mit einer Schulter. Da war wohl nichts zu machen.

»Wir treffen uns heute Nachmittag am kleinen Strand«, sagte Grania. »Mit dem Geld.«

Grania brachte eine Zigarrenkiste mit zum kleinen Strand. Der Himmel hatte sich bezogen. Der Wind war kühler geworden. Lucy fror trotz ihres warmen Pullovers.

Grania klapperte mit der Kiste. »In meinem Sparschwein waren neunzehn Pfund und neunzig Pence«, sagte sie.

»Bei mir sind es zweiundvierzig Pfund, drei Pence«, sagte Martin. »Hätte ich nicht gedacht.«

»Ich habe nur noch zwölf Pfund sechzig«, sagte Lucy. »Tut mir Leid.«

Sie warfen die Scheine und Münzen in die Zigarrenkiste.

»Sieht doch nach viel aus, oder?«, sagte Grania.

Martin zählte das Geld zusammen.

»Vierundsiebzig Pfund und dreiundfünfzig Pence«, sagte er. »Viel Geld, aber es reicht nicht.«

»Ach was«, sagte Grania. »Für den ersten Tag ist es ganz gut. Wir brauchen ...«

»Mehr Geld«, sagte Martin.

»Wir brauchen Jobs«, sagte Grania. »Wir müssen Geld verdienen. Lucy, was kannst du?«

Lucy überlegte. »Nichts«, sagte sie. »Und du?«

Grania zog ein Gummiband aus der Hosentasche und machte sich einen Pferdeschwanz. »Also«, sagte sie. »Ich kann Kühe melken, den Rasen mähen, Kuchen backen, mit dem Computer schreiben, bügeln und auf dem Kopf stehen.«

Sie stand auf, beugte sich vor und stellte sich auf den Kopf.

»Du kannst mit dem Computer schreiben?«, fragte Lucy.

»Ja. Wir machen damit in der Schule eine Zeitung. Viermal im Jahr. Ich werde etwas über dich schreiben.«

»Vielleicht kannst du für jemanden bügeln«, sagte Lucy.

»Vielleicht.«

»Im letzten Herbst habe ich für Paula Holz gehackt«, sagte Martin. »Sie hat mich bezahlt. Ich werde sie fragen –«

»Ja, tu das«, sagte Grania. »Ich werde auch herumfragen. Wir werden schon etwas finden. Auch für Lucy.«

Daran glaubte Lucy nicht.

»Paula?«, fragte Lucy beim Abendessen. »Wenn Martin das Holz für dich hackt, bezahlst du ihn dann gut?«

»Ja, ich denke schon.«

Es gab gebackene Bohnen in Tomatensoße auf Toast. Lucy streute sich Parmesankäse darüber. Dann schmeckte es ganz lecker.

»Aber bezahlst du ihn sehr gut?«

»Mehr gut als sehr gut, würde ich sagen.« Paula legte ihr Besteck hin und schaute Lucy an. »Du meinst, ich sollte ihn sehr gut bezahlen, ja?«

Lucy nickte. Sie wurde rot. »Ja«, sagte sie und aß hastig weiter.

Martin bekam zwölf Pfund fürs Holzhacken.

»Zwölf Pfund!«, sagte er. »Wenn ich für noch mehr Leute Holz hacken könnte, wäre das Geld bald zusammen.«

Aber niemand sonst wollte Holz gehackt haben.

Grania fand niemanden, für den sie bügeln konnte.

Eine Frau im Dorf suchte für zwei Nachmittage die Woche einen Babysitter für ihre beiden Kinder.

»Sie sagte, ich sei zu jung«, schimpfte Grania. »Dabei bin ich über zwei Jahre älter als die Zwillinge. Ich könnte sie leicht in Schach halten.«

Es war zum Verzweifeln.

»Sollen wir nicht doch Paula fragen?«, sagte Lucy zu Grania.

Grania schüttelte den Kopf. »Nicht, wenn Martin es nicht will.«

Lucy verschränkte ihre Arme. So richtig verstand sie das nicht. Es wäre so einfach.

Lucy fand Paula in der Werkstatt. Sie führte den Glasschneider über eine alte Spiegelscheibe. Zwischen vielen dunklen, blinden Stellen war sie goldgefleckt.

»Wofür?«, fragte Lucy.

»Für diesen Rahmen.« Er war unten spitz und verbreiterte sich schräg nach oben, fast wie eine Eistüte. Lucy nickte. Sie mochte das Unregelmäßige daran.

»Ich werde ihn vielleicht in die Ausstellung geben. Diesen oder den Spiegel für die Nebelfrau. Im Spätsommer wird in Schull immer ›Kunst und Handwerk aus West-Cork‹ gezeigt.«

Lucy spielte mit den Federn, die in einem Glas standen.

»Paula?«, sagte sie.

»Ja?«

»Wenn einer Hilfe braucht und einen Freund hat, der jemanden fragen will, der helfen könnte. Aber der, der die Hilfe braucht, will nicht, dass der Freund den anderen fragt. Meinst du, dann kann der Freund trotzdem fragen und Hilfe kriegen, aber dem, der die Hilfe braucht, nicht sagen, woher die Hilfe kommt?«

»Moment.« Paula setzte sich auf den Hocker. »Das muss ich erst einmal sortieren. Du willst wissen, ob man den Wunsch und Willen eines Freundes ignorieren soll, wenn man meint, ihm so helfen zu können?«

»Wie?«

»Du meinst, ob man jemandem gegen seinen Willen helfen soll?«

Lucy nickte.

»Es mag Fälle geben«, sagte Paula, »in denen das an-

156

gebracht ist. Aber im Allgemeinen, glaube ich, sollte man den Wunsch des anderen respektieren.«

Lucy seufzte.

»Willst du mir etwas erzählen?«, fragte Paula.

»Nein«, sagte Lucy.

»Du weißt, du kannst mir alles erzählen. Wenn du möchtest.«

»Ja«, sagte Lucy. »Weiß ich.«

Lucy ging in ihr Zimmer. Sie nahm Theodor auf den Schoß.

»Ich finde es trotzdem doof«, sagte sie. »Paula würde ihm das fehlende Geld doch geben.«

Am nächsten Nachmittag regnete es. Lucy saß auf dem Sofa und strickte. Nur noch sechs Teile fehlten ihr.

Paula saß am Schreibtisch und verglich ihre Bankauszüge mit ihrem Scheckbuch. Das Telefon klingelte. Paula nahm ab.

»Hallo? ... Ja ... Ach, Birgit!«

»Mami?« Lucy lief zu Paula.

»Ja, sie ist hier«, sagte Paula. »Von wo? ... Ach wirklich? ... Jetzt schon? Mh ... Ich gebe sie dir.«

Paula gab Lucy den Hörer.

»Hallo, Mami«, rief Lucy.

»Hallo, wie geht es meinem Schatz?«

»Mir geht es gut, Mami. Und dir? Rufst du vom Schiff an?«

»Nein, Lucy. Ich bin schon zu Hause.«

»Was? Warum?«

»Es heißt ›Wie bitte‹, Lucy!«

»Aber warum bist du schon zu Hause?«

»Ach, auf dem Schiff ist so ein dummer Bohrkopf ab-gebrochen und es musste nach zwei Wochen umkehren. Es war trotzdem sehr schön. Ich habe eine wunderbare Farbe bekommen. Kurt lässt dich herzlich grüßen.«

»Danke, Mami. Ist Kurt auch da?«

»Nein, er musste noch unten in Kapstadt bleiben. Aber du kannst jetzt zurückkommen, Schatz. Ist das nicht schön?«

»Jetzt?«

»Nicht jetzt, Dummchen. Aber morgen oder über-morgen. Ich habe mich erkundigt. Es sind noch Plätze im Flugzeug frei.«

Lucy ließ den Hörer sinken und guckte ihn an.

»Lucy, Lucy, bist du noch da?«, hörte sie die Stimme ihrer Mutter leise und aus großer Ferne.

Sie nahm den Hörer wieder an ihr Ohr. »Ja, hier bin ich.«

»Nun, was sagst du dazu? Freust du dich?«

»Aber ich ... ich kann jetzt noch nicht kommen.«

»Wie bitte? Unsinn, Lucy. Natürlich kannst du.«

»Es geht nicht, Mami. Es geht wirklich nicht.«

»Ich habe es dir doch gerade erklärt. Du bist nur über-rascht, meine Süße. Gib mir noch mal Tante Paula. Ich kläre es mit ihr.«

Lucy umklammerte den Hörer mit beiden Händen.

»Mami, hör mal. Es gefällt mir hier. Ich möchte die beiden Wochen noch bleiben.«

»Schatz, das ist nicht dein Ernst!«

»Doch, Mami.«

»Aber, du fehlst mir, Lucy. Die Wohnung ist so leer ohne dich. Du willst doch nicht, dass Mami einsam ist?«

»Ich komme doch in zwei Wochen.«

Paula tippte Lucy an. »Vielleicht möchte sie herkommen?«

»Au ja! Mami, magst du nicht herkommen? Das wäre schön! – Mami?«

»Ach Schatz, gib mir noch mal Tante Paula, ja?«

Lucy gab den Telefonhörer weiter.

»Birgit, wie wäre das?«, sagte Paula. »Ich würde mich freuen.«

Aber Lucys Mutter wollte nicht nach Irland kommen. Lucy saß mit angezogenen Beinen auf dem Sofa und hörte, was Paula ins Telefon sprach. Die Antworten ihrer Mutter konnte sie sich gut dazudenken.

»Überleg es dir noch einmal, Birgit ... Das ist kein Problem. Du kannst mein Schlafzimmer haben ... Nein, nur ein Bad. Aber es gibt ein nettes, kleines Hotel im Dorf, wo ... Ach Birgit, wir sind hier doch nicht am Nordpol. Es sind um die 18 Grad ... Nein, das verstehe ich. Aber das Einleben dauerte eine Weile, und wenn sie jetzt nicht von einem auf den anderen Tag wegwill ... Ja ... Nein, will ich nicht.« Paula seufzte. »Sprich selbst mit ihr.« Sie reichte Lucy den Hörer.

Lucy nahm ihn vorsichtig. »Hallo, Mami«, sagte sie leise. Was, wenn Mami jetzt ihre Kopfschmerzstimme hatte?

Aber die Stimme ihrer Mutter klang ganz fest.

»Also, Lucy, du bist dir sicher, dass du noch bei Tante Paula bleiben möchtest?«

»Ja. Bis die Ferien zu Ende sind. Komm doch auch. Es ist wirklich schön hier.«

»Nein, mein Schatz. Das ist nichts für mich.«

Lucy senkte ihre Stimme. »Aber Mami, es ist nicht so, wie du dachtest. Nicht so … ich meine: keine Hühner und so!«

»Wie auch immer. Hör zu Lucy. Wenn du wirklich noch bleiben willst, fahre ich für zehn Tage auf eine Schönheitsfarm und lasse mich ein bisschen verwöhnen. Was hältst du davon?«

»Oh«, sagte Lucy. »Ja. Eine Schönheitsfarm. Schön. Ich meine, das ist bestimmt – schön.«

»Ja, Schatz, bestimmt. Dann lass uns jetzt Schluss machen. Ich will mir noch einen Bademantel kaufen. Weiß, dachte ich, was meinst du, zu meiner Bräune?«

»Ja. Weiß ist sicher schön. Tschüs, Mami.«

»Tschüs, mein Schatz.«

Lucy legte den Hörer auf. »Sie fährt auf eine Schönheitsfarm«, sagte sie zu Paula.

»Bist du traurig, dass sie nicht kommt?«

Lucy überlegte. »Nein«, sagte sie schließlich. »Auf der Schönheitsfarm wird es ihr gefallen.«

Das Geld in der Zigarrenkiste vermehrte sich. Erst um zehn Pence, die Lucy auf der Straße gefunden hatte, und kurz darauf um ganze zehn Pfund. Martin hatte mit Hilfe von Mrs Mallon, der Hotelbesitzerin, zwei Hotelgäste gefunden, denen er die Autos waschen durfte. Jedes für fünf Pfund. Grania wischte innen Staub und saugte gründlich. Lucy bekam die Aufgabe, die Radkappen mit einer Paste zu polieren. Sie rieb so heftig, dass sie am nächsten Tag Muskelkater in den Armen hatte und kaum stricken konnte.

Nun waren sechsundneunzig Pfund und dreiundsechzig Pence in der Kiste. Es fehlten dreiundachtzig Pfund und siebenunddreißig Pence. Selbst Grania bekam Zweifel, dass sie die ganze Summe rechtzeitig zusammenbekommen könnten.

Paula war nach Cork gefahren, um einiges zu erledigen. Sie hatte Lucy bei Corrigan abgesetzt. Lucy wollte gerne sehen, wie der Käse gemacht wurde.

Die weißen Ziegen waren so groß wie Ulysses. Sie hatten schmale, rechteckige Pupillen. Lucy schaute zu, wie Corrigan im Stall eine der Ziegen melkte. Sie stand auf einem Zementblock und mampfte dabei etwas Futter. Eine andere Ziege kam durch die Tür und wartete, bis sie an die Reihe kam.

»Niall, sieht die Welt aus eckigen Pupillen wohl anders aus als aus runden?«

»Möglich«, sagte Corrigan. »Aber ich weiß es nicht.«

»Vielleicht wäre die Erde dann keine Kugel, sondern ein Kasten«, meinte Lucy. »Und die Regenbogen wären eckig und – huuuch!« Lucy sprang zur Seite und hörte, wie etwas zerriss. »Niall! Sie isst meine Bluse!«

Die wartende Ziege hatte ein Stück von Lucys Blusensaum zwischen den Zähnen und kaute darauf herum.

»Du lieber Himmel«, sagte Lucy. »Warum macht sie das? Das kann doch nicht schmecken!«

»Einer Ziege schon«, meinte Corrigan. »Tut mir Leid. Ich hätte dich warnen sollen.«

»So was!« Lucy schüttelte den Kopf. »Haben sie vielleicht auch Flöhe?«

»Nein. Keine Flöhe. Weder runde noch eckige. Danke der Nachfrage.«

Später saß Lucy mit Corrigan auf alten Küchenstühlen vor dem Haus. Sie tranken Tee und sahen den Ziegen auf der Weide zu, als schrilles Fahrradklingeln ertönte. Grania sauste auf ihrem Fahrrad heran. Sie sprang ab, bevor es hielt.

»Da bist du ja, Lucy«, sagte sie außer Atem. »Ich habe dich gesucht. Etwas ganz Tolles! Sie suchen Rothaarige. Der Postbote hat es erzählt. Und sie zahlen Geld. Wir müssen sofort hin.«

»Aber wohin?«, fragte Lucy.

»Nach Sheep's Head. Sie sind ganz am Ende der Halbinsel. An den Klippen, da, wo die paar Häuser ganz hoch über dem Meer stehen.«

»Wer denn? Und warum?«

»Na, sie machen Fotos. Amerikaner. Für so eine Modezeitschrift. Und sie brauchen irgendwie rothaarige Iren. Kinder. Als Dekoration oder so. Wer hinkommt, kriegt zehn Pfund. Und wer auf das Foto kommt, mehr. Jungs in langen Hosen. Mädchen im Kleid. Du hast doch ein Kleid?«

»Ja«, sagte Lucy. »Aber –«

»Nichts aber. Wir brauchen das Geld.«

»Kann ich euch aushelfen?«, fragte Corrigan.

»Nein!«, sagte Grania.

»Danke«, sagte Lucy.

»Aber könntest du uns hinfahren, Niall?«, fragte Grania. »Jetzt?«

Er nickte. Sie liefen zum Wagen. Ulysses saß schon drin. Sie fuhren erst zum Green Wind Cottage. Lucy zog sich blitzschnell um.

»Ich mag das Kleid eigentlich gar nicht«, sagte sie, als sie wieder im Auto saß. »Außerdem müsste es gebügelt werden. Und eine Irin bin ich auch nicht.«

»Du darfst eben nicht sprechen. Dann merken sie es nicht. Wir sagen, du bist schüchtern.«

Auf einem Parkplatz hoch über dem Meer standen einige Wohnwagen. Es gab Scheinwerfer, obwohl heller Tag war. Leute rannten geschäftig umher. Am Rand warteten mehrere Kinder mit ihren Müttern.

»Wir haben gute Chancen«, flüsterte Grania nach einem Blick auf die Gruppe. »Nur der kleine Junge ist richtig rothaarig.«

Sie stellten sich dazu. Corrigan parkte ein Stück weiter und blieb im Auto sitzen.

Eine Frau in Schwarz mit einer großen bunten Brille und lila Lippenstift kam auf sie zu. Sie deutete auf Lucy und den kleinen Jungen. »Ihr beide. Kommt mit.«

Sie führte sie zu einem Mann, der auf einem Klappstuhl saß.

»Großartig«, sagte er. »Wir nehmen beide. Die Kleine bekommt ein paar Sommersprossen.«

Grania hatte sich herangeschlichen. »Entschuldigung«, sagte sie. »Wie ist das mit dem Geld?«

»Es gibt fünfzig Pfund für jeden, junge Dame«, sagte der Mann. »Was geht es dich an?«

»Ich bin ihre Kusine«, sagte Grania. »Und sie macht es nur für vierundachtzig Pfund.«

Der Mann kniff seine Augen zusammen. »Vierundachtzig Pfund? Warum nicht fünfundachtzig? Und warum sagt sie das nicht selber?«

Lucy wurde rot.

»Sie ist schüchtern«, sagte Grania. »Sie spricht fast nie. Und eigentlich brauchen wir nur dreiundachtzig Pfund und siebenunddreißig Pence. Ich kann Ihnen nicht sagen wofür. Aber es ist sehr wichtig. Und dringend.«

Er lachte. »Na gut. Patty – diese junge Dame bekommt vierundachtzig Pfund. Okay?«

Lucy wurden ein paar Sommersprossen ins Gesicht gemalt. Sie wurde gepudert. Ihr Haar wurde zu einer windzerzausten Frisur gekämmt. Sie musste eine zu große graue Strickjacke über ihr Kleid ziehen.

»Weil wir Wintermode fotografieren«, sagte die Frau in Schwarz. »Aber zieh das Ding wieder aus. Hier, nimm die olivgrüne Jacke. Die passt genau zu deinen Augen. Ungewöhnliche Farbe.«

Dann musste sie den kleinen, schlecht gelaunten Jungen an die Hand nehmen und sich neben die Fotomodelle stellen. Die trugen Jacken und Wintermäntel aus Tweed oder lange Wollröcke und bunte Pullover.

Sie wurden vor den Felsen, vor dem Meer, vor den bunten Häusern fotografiert. Lucy fror trotz der Strickjacke. Hier oben wehte ein scharfer Wind. Aber es dauerte nicht lange. Und bald fuhren sie mit ihrem Honorar von vierundachtzig Pfund zurück.

»Wir haben es geschafft, wir haben es geschafft«, rief Grania. »Wie wird Martin staunen!«

»Ich kann es gar nicht glauben«, sagte Lucy. Und dabei hatte sie den Schal noch gar nicht umgetauscht.

»Darf ich erfahren, worum es hier geht?«, fragte Corrigan.

»Später vielleicht«, sagte Lucy.

Sie gingen zu dritt zu Mrs O'Driscoll. Martin überreichte ihr das Geld.

»Ich bin beeindruckt, Kinder«, sagte Mrs O'Driscoll mehrmals. »Ich habe gehört, ihr habt dafür gearbeitet.

Hier, eine Tüte Bonbons für euch. Damit ist die Sache vergessen.«

Lucy saß in ihrem Zimmer und nähte die Decke zusammen. Sie war sehr zufrieden damit. Sie war fast so geworden, wie sie es sich vorgestellt hatte. Viele grüne Felder in den schönsten Schattierungen und Mustern. Ganz in Grün bis auf ein kleines rotes Rechteck im unteren Teil. »Das bin ich«, sagte Lucy. Sie wollte die Decke Paula dalassen. Als Geschenk und als Erinnerung.

Sie fuhr nicht gerne weg.

Sie freute sich auf zu Hause, auf Mami, auf Kora und auf Christopher. Aber sie würde Paula vermissen und Corrigan und Grania und Martin. Und Winnetou. Und Frau Schmidt. Und Ulysses. Und die Luft, die Wolken, das Meer. Und den grünen Wind. Lucy schniefte.

Noch vier Tage.

Sie besuchte an den letzten Tagen noch einmal ihre Lieblingsplätze. Vor dem Frühstück ging sie zum kleinen Strand und schaute über das Wasser. Sie fand eine große grüne Nixenträne für Kora.

Mit Paula fuhr sie nach Schull und aß drei Stücke von dem besten Käsekuchen der Welt. Paula lieferte ihren Spiegel für die Ausstellung im September ab.

Mit Grania, Martin und Winnetou wanderte Lucy zum verlassenen Haus. Sie saßen im hohen Gras und aßen Äpfel.

»Kommst du denn mal wieder?«, fragte Martin.

»Aber natürlich!«, rief Grania. »Du musst.«

Lucy nickte: »Wenn ich kann. Aber ich weiß nicht, wann.«

Am großen Strand fanden sie einen kleinen Stamm, der angespült worden war.

»Gutes Feuerholz«, meinte Martin.

Sie zogen und schleppten das schwere Teil bis Green Wind Cottage. Lucy war verschwitzt und dreckig und hatte Kratzer an den Beinen.

»Das war so richtig schön«, sagte sie. »Vielleicht kann ich mit Kora im Stadtpark nach Holz suchen. Wir haben einen Kamin zu Hause.«

Dann war er da – der letzte Tag.

»Mein letzter Tag«, sagte Lucy beim Frühstück.

»Ich werde dich vermissen, Lucy.«

»Ich dich auch.« Lucy kaute auf ihrer Scheibe Toast herum. »Aber ab übermorgen kannst du wieder ganz spät frühstücken. Um zehn. Oder sogar um elf!«

»Das tröstet mich natürlich enorm.«

Lucy kicherte. »Ich packe nachher meinen Koffer«, sagte sie. »Grania und Martin wollen später vorbeikommen. Zum Auf-Wiedersehen-Sagen.«

»Gut. Schade, dass du mit deiner Decke nicht fertig geworden bist. Sie ist oder wird etwas ganz Besonderes. Das weißt du, ja?«

Lucy nickte.

»Vielleicht schickst du mir ein Foto, wenn du sie zusammengenäht hast?«

»Mache ich«, sagte Lucy. Sie hatte Paula nicht gesagt, dass die Decke fertig war. Es sollte eine Überraschung werden. Sie wollte sie in ihr Dachzimmer legen. Und Paula am Flughafen sagen, dass sie dort oben mal gucken sollte.

Der Koffer war schnell gepackt. Weil er für die Wendeltreppe zu sperrig war, lag er unten im Flur. Lucy griff ihre Sachen aus dem Schrank und warf sie in den Koffer. Die blöde Regenjacke und den albernen Regenhut ließ sie da. Paula würde sie für den nächsten Kirchenbasar spenden. Den kakaobefleckten Kaschmirpullover hatte Lucy Frau Schmidt geschenkt. Er lag nun in ihrem Körbchen in der Küche.

Lucy ging zu Paula in die Werkstatt und sortierte die Nägel.

»Wo Grania und Martin nur bleiben?«, sagte sie um vier Uhr.

Um fünf sagte Paula nach einem Blick aus dem Fenster: »Ich glaube, sie sind gekommen. Lass uns reingehen.«

Grania war dabei, den Tisch in der Küche zu decken. Sie hatte einen selbst gebackenen Apfelkuchen mitgebracht. Martin schlug die Sahne.

»Soll ich das machen?«, fragte Lucy.

»Nein«, sagte Martin. »Du setzt dich hin. Du bist der Ehrengast.«

»Wieso?«, fragte Lucy. Sie setzte sich.

»Wir feiern deinen Abschied«, sagte Paula lächelnd.

»Oh! Wirklich? Ich habe noch nie meinen Abschied gefeiert.«

Sie sah zu, wie der Tisch sich füllte. Granias Apfelkuchen. Eine große Schale Schlagsahne. Corrigan kam mit einem ganzen Käsekuchen aus Schull. Eine Kanne Kaffee. Ein Krug Kakao. Eine Glaskanne mit frisch gepresstem Orangensaft. Eine Flasche Sekt. Sie aßen Kuchen, erzählten, lachten, aßen noch mehr Kuchen. Frau Schmidt, Winnetou und Ulysses bekamen je einen großen Klacks Sahne auf Untertassen serviert.

»Heute Abend kann ich nichts mehr essen«, sagte Lucy.

»Ich kann die ganze Woche nichts mehr essen«, meinte Grania.

Paula machte den Sekt auf. »Wir wollen auf Lucy anstoßen«, sagte sie. Sie schenkte für Corrigan und sich Sekt in zwei Gläser. Die Gläser der Kinder wurden mit Orangensaft und einem kleinwinzigen Schuss Sekt gefüllt.

Paula hob ihr Glas: »Auf Lucy, auf ihren ersten Besuch in Ballydooneen und auf ihre baldige Wiederkehr.«

»Hört, hört«, rief Grania.

»Auf Lucy«, wiederholte Corrigan und zwinkerte ihr zu.

»Auf Lucy«, sagte Martin.

»Auf uns alle«, rief Lucy und trank auch einen Schluck.

»Auf uns alle«, riefen alle und tranken noch mehr.

Grania kletterte auf ihren Stuhl.

»Jetzt die Abschiedsgeschenke«, rief sie.

Corrigan überreichte Lucy eine Sperrholzschachtel mit seinem Koriander-Ziegenkäse.

Von Paula bekam sie einen kleinen Treibholzspiegel. Er war nicht größer als Lucys Hand. Das alte Glas schimmerte silbrig. Auf dem Rahmen lagen ein paar winzige weiße Korallen und zwei Nixentränchen in Tiefblau und Meergrün.

»Nixentränen«, sagte Paula. »Das schien mir passend. Sogar die Nixen weinen, wenn Lucy geht.«

»Oh«, sagte Lucy. »Danke, Paula. Er ist so schön.«

Grania drückte Lucy einen Umschlag in die Hand.

»Weil ich doch pleite bin«, flüsterte sie.

Es war ein Gutschein für die Zeitung, die an der Schule in Ballydooneen gemacht wurde.

»Ich schicke dir die nächsten Ausgaben.«

»Ja, toll. Danke, Grania. Willst du wirklich etwas über mich schreiben?«

»Na klar. Wir schreiben über alles, was hier passiert. Wer kommt und wer geht und so was.«

»Zur Erinnerung«, sagte Martin. Er gab ihr eine bauchige, oben zugeklebte braune Papiertüte.

Bonbons, dachte Lucy, aber dann war die Tüte federleicht. Martin grinste. Er deutete auf die andere Seite

der Tüte. Lucy drehte sie vorsichtig um. In Schön-
schrift stand darauf:

Eine Tüte grüner Wind

Aus der September-Ausgabe der Schulzeitung von Ballydooneen (Seite 4):
Lucy Lindemann aus Deutschland war in den Sommerferien fünf
Wochen bei ihrer Tante Paula Simon in Green Wind Cottage zu
Besuch. Lucy war zum ersten Mal in Irland. Aber nicht zum letzten
Mal, sagte sie. Lucy strickt sehr gerne Decken. Sie strickt auch
sehr gut. Sie hat eine grüne irische Patchworkdecke gestrickt, die
in der Ausstellung in Schull zu bewundern war. Sie hing neben
einem Spiegel von ihrer Tante.

Grania O'Sullivan (11)

*Aus dem Katalog der Ausstellung »Kunst und Handwerk aus West Cork«
(Seite 2, unten):*
Paula Simon
Green Wind Cottage – Ballydooneen, County Cork
   Spiegel für die Nebelfrau (Treibholz, antikes Spiegelglas)

300,– Pfund

Lucy Lindemann
Green Wind Cottage – Ballydooneen, County Cork
& Deutschland
   Irisches Tal (Patchworkdecke, handgestrickt, pflanzengefärbte
   Wolle)

unverkäuflich

Ein unvergesslicher Sommer

Jeanne Birdsall
**Die Penderwicks, Band 3:
Die Penderwicks am Meer**
320 Seiten
Sonderausgabe (Taschenbuch)
ISBN 978-3-551-31430-7

Endlich ist es so weit, die Ferien haben begonnen. Skye und Jane, Batty und Hound fahren mit Tante Claire in ein winziges Häuschen direkt am Meer. Skye ist jetzt die älteste Penderwick vor Ort – aber so viel Verantwortung gepaart mit so viel Temperament, das ist nicht immer einfach. Ein verstauchter Knöchel und ein geheimnisvolles Klavier sorgen für Aufregung und auch der sympathische Nachbar Alec mit seinem Hund Hoover. Eins ist sicher: Es wird ein unvergesslicher Sommer!

www.carlsen.de

CARLSEN

Mädchenträume

Noal Streatfeild
Ballettschuhe
272 Seiten
Taschenbuch
ISBN 978-3-551-31148-1

»Stellt euch mal vor, andere Mädchen müssten entscheiden, mit welcher von uns sie tauschen möchten – wen würden sie wohl wählen?« Pauline will eine berühmte Schauspielerin werden, Petrova interessiert sich für Flugzeuge und schnelle Autos und die kleine Posy würde am liebsten Tag und Nacht tanzen. Die drei Fossil-Schwestern sind wirklich ganz schön verschieden. Deswegen geht es in Großonkel Matthews gemütlichem Haus auch oft sehr trubelig zu. Doch in einem sind sich die drei einig: Egal, was passiert, sie werden immer zusammenhalten.

www.carlsen.de

CARLSEN

Eine Schule im Schloss

Dagmar Hoßfeld
Carlotta, Band 1:
Internat auf Probe
224 Seiten
Taschenbuch
ISBN 978-3-551-31142-9

Dagmar Hoßfeld
Carlotta, Band 2: Internat
und plötzlich Freundinnen
224 Seiten
Taschenbuch
ISBN 978-3-551-31228-0

Dagmar Hoßfeld
Carlotta, Band 3:
Film ab im Internat!
240 Seiten
Taschenbuch
ISBN 978-3-551-31269-3

Carlotta ist gar kein Prinzessinnen-Typ. Wie soll sie es
da nur im Internat auf Schloss Prinzensee aushalten?
„Nur auf Probe! Und höchstens für ein Jahr!", sagt
Carlotta sich. Aber bis es so weit ist, wird ihr Leben
erst einmal ordentlich auf den Kopf gestellt. Und
schließlich erkennt Carlotta, dass sie genau hier ihren
Platz gefunden hat: Sie hat jetzt zwei Zuhause.

www.carlsen.de

CARLSEN

Hier kommt Mia!

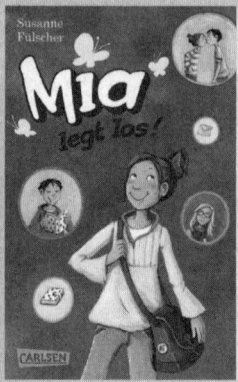

Susanne Fülscher
Mia, Band 1: Mia legt los!
160 Seiten
Taschenbuch
ISBN 978-3-551-31145-0

Eigentlich ist Mia ganz zufrieden. Trotzdem nerven sie ein paar Dinge ganz gewaltig: Ihr großer Bruder ist schöner als sie, ihre kleine Schwester schlauer und bei ihrer besten Freundin Jette wächst schon ein Busen! Dann verschwindet zu allem Überfluss auch noch Mias Tagebuch, in dem sie so richtig über alle gelästert hat. Leider auch über Jette. Klar, dass ausgerechnet Kaspar Mias geheime Aufzeichnungen in die Finger bekommt - und sie vor der ganzen Klasse bloßstellt ...

www.carlsen.de

CARLSEN